EINE VERRUCHTE FRAU

DIE VERSANDBRÄUTE VON SLATE SPRINGS - BUCH 3

VANESSA VALE

Copyright © 2016 von Vanessa Vale

ISBN: 978-1-7959-0054-6

Dies ist ein Werk der Fiktion. Namen, Charaktere, Orte und Ereignisse sind Produkte der Fantasie der Autorin und werden fiktiv verwendet. Jegliche Ähnlichkeit mit tatsächlichen Personen, lebendig oder tot, Geschäften, Firmen, Ereignissen oder Orten sind absolut zufällig.

Alle Rechte vorbehalten.

Kein Teil dieses Buches darf in irgendeiner Form oder auf elektronische oder mechanische Art reproduziert werden, einschließlich Informationsspeichern und Datenabfragesystemen, ohne die schriftliche Erlaubnis der Autorin, bis auf den Gebrauch kurzer Zitate für eine Buchbesprechung.

Umschlaggestaltung: Bridger Media

Umschlaggrafik: Period Images

HOLEN SIE SICH IHR WILLKOMMENSGESCHENK!

TRAGE DICH FÜR MEINEN NEWSLETTER EIN, UM LESEPROBEN, VORSCHAUEN UND EIN WILLKOMMENSGESCHENK ZU ERHALTEN! TRAGEN SIE SICH IN MEINE E-MAIL LISTE EIN, UM ALS ERSTES VON NEUERSCHEINUNGEN, KOSTENLOSEN BÜCHERN, SONDERPREISEN UND ANDEREN ZUGABEN ZU ERFAHREN. SIE ERHALTEN EIN KOSTENLOSES BUCH FÜR IHRE ANMELDUNG!

kostenlosecowboyromantik.com

1

ve

„Wie bitte?", fragte ich, wobei meine Stimme kaum mehr als ein dünnes Flüstern war. Ich konnte den abscheulichen Mann kaum hören, weil mein Herz so laut in meinen Ohren dröhnte. „Haben Sie gesagt, dass ich aus dem Dienst entlassen worden bin?"

Ich saß in einem Stuhl mit gerader Rückenlehne vor einem langen Tisch, wo der Stadtrat von Clancy zu Gericht saß. Ansonsten war die Stadthalle leer. Sie waren zu sechst, alles Männer mit strengen Gesichtern und säuerlichem Auftreten.

„Das ist korrekt, Miss Jamison." Als Mr. Polk mit dem Kopf nickte, wackelten seine Hängebacken.

Ich hatte jahrelang, *Jahre*, daraufhin gearbeitet, diesen Job zu bekommen. Ich wollte schon so lange die Lehrerin der Stadt sein, zu lange, als dass ich mir den Job jetzt einfach so wegnehmen lassen würde.

Diese sechs Männer hielten mein Schicksal in den Händen, ein Schicksal, von dem ich dachte, dass es bereits vor einem Monat besiegelt worden wäre, als mir der Traumjob angeboten worden war. Die Stelle der Lehrerin von Clancy war die Meine gewesen. Ich war aufgrund meines frisch erworbenen Lehrerzertifikats angestellt worden, sowie der Tatsache, dass ich eine Einheimische war, die die Kinder und Familien kannte, und weil ich selbst auf diese Schule gegangen war.

„Wir wurden darauf aufmerksam gemacht", der Mann verzog seine Lippen, als hätte er in eine Zitrone gebissen, „dass Ihr Verhalten…nicht passend für eine Lehrerin ist."

Ich spürte, wie sich meine Stirn in Falten legte. Ich wusste, Tara würde sagen, dass ich so bleibende Falten erhalten würde, aber ich konnte das jetzt nicht ändern. Ich konnte nicht gelassen bleiben, wenn ich meinen Job verlor.

„Mein Verhalten?"

Die Männer schienen sich einheitlich auf ihren Stühlen zu winden. Einer tupfte mit einem Taschentuch über seine Stirn. Ich wollte auf meinem Stuhl herumrutschen, meine Finger verknoten, sogar den Schweiß von meiner Oberlippe wischen. Aber nein. Ich durfte nicht die kleinste Emotion zeigen. Nichts, denn ich brauchte diesen Job. Er war mein Leben.

Mr. Polk sah nach links und rechts zu seinen Kollegen, räusperte sich. „Wir sprechen nicht über solche Dinge, insbesondere nicht vor einer Dame, aber wenn es sich dabei um fragliche Dame handelt…" Er hielt inne, vielleicht um mich dazu zu bringen, etwas zu gestehen. Als ich das nicht tat, fuhr er fort: „Sie wurden mit ihrem Gärtner in einer *sehr* kompromittierenden Situation erwischt."

Mein Mund klappte auf und meine Gesichtszüge entgleisten. Vielleicht würde Tara jetzt denken, ich sähe aus wie ein Fisch. „Ich…kompromittierend…mit Mr. Nevil?"

Meine Stimme wurde leiser, aber gewann an Höhe, während ich meine Brille die Nase hochschob.

Mehrere der Männer nickten mit den Köpfen.

Mr. Nevil war zehn Jahre älter als ich und hatte für meinen Vater gearbeitet, seit er ein Teenager gewesen war. Ich hatte ihn fast mein ganzes Leben lang gekannt und auch wenn wir befreundet waren, waren wir nicht mehr als das. Ich war kein einziges Mal mit ihm allein gewesen, sodass ich auch nicht bei irgendetwas Kompromittierendem hätte erwischt werden können. Ich war nie mit *irgendeinem* Mann allein gewesen. Wer wäre auch schon an mir interessiert? Ich war ein Blaustrumpf. Ich hatte braune Haare, die sich wild lockten und immer ungezähmt waren. Ich war klein, mollig, hatte Sommersprossen. Ich trug eine Brille. Die Liste an Gründen, warum mich kein Mann zweimal anschauen würde, war lang und wurde mir immer wieder von meinen Stiefschwestern vorgetragen. Da mich kein Mann wollen würde, war die Lehrerrolle perfekt für mich. Eine Bedingung war nämlich, dass man unverheiratet war.

„Wir sind enttäuscht, Miss Jamison, dass eine Frau ihresgleichen so tief sinkt."

Ich leckte über meine Lippen. Mein Frühstück rumorte wild in meinem Magen. „Mr. Polk, ich habe weder mit Mr. Nevil noch mit irgendeinem anderen Mann etwas Unanständiges getan."

„Sie wurden dabei beobachtet", entgegnete er schnell.

In diesem Moment wusste ich es.

Ich schloss kurz meine Augen und ließ die Schwere der Situation sacken. Das waren natürlich alles Lügen, aber das war bedeutungslos. Es war eine Intrige von Tara und Marina. Meine Stiefschwestern hassten mich. Hassen war zwar ein harsches Wort, aber für diese zwei war es absolut zutreffend. Sie hassten mich sogar so sehr, dass sie Mr. Nevils guten Namen in den Dreck zogen, um mir zu schaden. Und das war die schrecklichste Grausamkeit von allen.

Sie hatten gewusst, dass ich Lehrerin werden wollte, seit mein Vater ihre Mutter geheiratet hatte und sie in unser Haus gezogen waren, als sie vierzehn gewesen waren. Ich war ein Jahr älter, aber hatte dem Duo nichts entgegen zu setzen gehabt. Noch nie. Sie hatten mich seit dem ersten Tag gnadenlos gequält. Es verging kein Tag, an dem sie mich nicht ärgerten oder sich über mich lustig machten, mir Schmerzen zufügten oder meine Kleider zerstörten. Ihre Mutter, Victoria Jamison, hielt sie nicht auf. Tatsächlich mochte sie mich genauso wenig, wie es ihre Töchter taten. Sie hatte das Geld meines Vaters, nicht mich, gewollt, als sie geheiratet hatten. Als mein Vater ein Jahr nach ihrer Hochzeit gestorben war, war sie nicht glücklich darüber gewesen, dass sie jetzt mich am Hals hatte – sie konnte mich nicht einfach auf die Straße setzen und dadurch schlecht dastehen – und ließ mich das spüren. Das Ausmaß ihrer Taten war so groß, dass ich immun gegen ihr Verhalten geworden war. Bis jetzt.

Durch meine Rolle als Lehrerin wäre ich diese Woche aus dem Haus und in das kleine Cottage, das mit der Stelle einherging, gezogen, weg von ihnen und auf mich allein gestellt. Ich wäre völlig frei von ihnen gewesen, mit Ausnahme der Kirche vielleicht oder Zufallsbegegnungen auf der Hauptstraße. Aber nichts davon sollte sein.

Warum? Warum waren sie so gemein?

Wenn sie mir ein Messer in die Brust gerammt hätten, hätte es weniger geschmerzt. Die Männer beobachteten mich mit Abscheu in den Augen. Ich konnte meinen Ruf nicht reinwaschen. Wenn sie es wussten, dann wussten es mit Sicherheit auch ihre Frauen. Jeder würde es innerhalb einer Stunde wissen, wenn sie es nicht bereits taten. Ich konnte

Eine verruchte Frau

mir nur vorstellen, was Tara und Marina trieben, während ich hier saß und vom Stadtrat beschämt wurde.

Ich musste es wissen, musste Sicherheit bezüglich des Ursprungs meines Niedergangs haben. Ich schluckte und versuchte, die Worte an dem Tränenkloß, der meine Kehle verstopfte, vorbei zu zwängen. „Von wem beobachtet?"

„Ihre Schwester Tara hat sie mit dem Mann gesehen, als sie zurückkam, nachdem sie den Bedürftigen Essenskörbe gebracht hatte."

Tara brachte Essen zu den Bedürftigen? Ich wollte mich erheben und mit dem Fuß aufstampfen, um ihnen die Wahrheit zu erzählen, aber dadurch würde ich mich nur in ein noch schlechteres Bild rücken. Ich würde als boshaft angesehen werden.

„Und was ist mit Mr. Nevil?", wollte ich wissen. Wie war es ihm mit diesem Skandal ergangen? Er war ein netter Mann und ich konnte mir nur vorstellen, wie wütend er war, weil er auf solche Weise benutzt worden war.

„Ein Mann kann nichts für seine Reaktionen, wenn sich ihm eine Frau an den Hals *wirft* und ihn mit ihrer verruchten Art verführt", sprach Mr. Craft, der der Älteste der Gruppe war. Er war bereits vor dem Bürgerkrieg zwei Jahrzehnte verheiratet gewesen.

„An den Hals wirft?", wiederholte ich, dann biss ich mir fest auf die Lippe, um mich daran zu erinnern, dass ich schweigen sollte. Ich wollte Tara auf ihren Kopf werfen, aber das würde mir nichts nützen. Wie konnten diese Männer nicht einmal verärgert über Mr. Nevil sein – auch wenn er unschuldig war – während sie mich mit solch weitreichenden Konsequenzen bedachten?

„Sie haben das Haus der Lehrerin noch nicht bezogen, was gut ist. Ihre Schwester wird nun ohne Verzögerung einziehen können."

Mr. Polks Worte ließen mich blinzeln. Hatte ich ihn

richtig verstanden? „Meine Schwester?", flüsterte ich. Ich war mir sicher, mein Herz setzte einen Schlag aus.

Die Männer lächelten sanft. „Ja, Miss Tara Jamison war so freundlich, sich freiwillig für die Stelle zu melden, bis eine andere Lehrerin gefunden werden kann."

„Sie kann nicht einmal zählen, außer sie nutzt ihre Finger", erwiderte ich übereilt. „Wie soll sie da Kinder unterrichten?"

„Ihr gehässiges Verhalten ist hier völlig unangebracht", sagte Mr. Seamus, dessen Stirn aufgrund seiner Glatze enorm wirkte. Er saß ganz rechts und hatte seine Hände im Schoß gefaltet. Seine Tochter Miranda war eine Freundin von mir. Er sollte mehr als jeder andere der Männer wissen, dass Tara nicht sehr gebildet war.

„Mr. Seamus, Sie kennen mich seit Jahren. Das tun Sie alle." Ich sah jedem Mann in die Augen. „Wirkt das wie etwas, das ich tun würde? Bin ich jemals verrucht genannt worden?"

„Deswegen ist es ja so schockierend", meinte Mr. Polk.

„Darf ich mich nicht selbst verteidigen?", fragte ich. Sie glaubten einfach so die Lügen meiner Schwester. Warum wollten sie die Wahrheit nicht hören?

Alle Männer schüttelten die Köpfe und Mr. Polk schien für die ganze Gruppe zu sprechen: „Vielleicht wird Ihnen etwas Zeit mit Gott den Weg in die richtige Richtung weisen, Miss Jamison. Ich bin nur dankbar, dass Ihr Charakter jetzt ans Licht gekommen ist, bevor Sie sich vor die Kinder der Gemeinde gestellt haben. Sie sollten hoffen, dass die Damen des Hilfswerks Ihnen gegenüber gutmütig aufgelegt sind."

Mir wurde nicht nur der Job entzogen, sondern ich war jetzt auch noch eine Geächtete in Clancy. Jeder würde wissen, dass mir der Stadtrat aufgrund von moralisch verwerflichen Handlungen den Lehrerposten entzogen hatte und deswegen würde jeder die Lügen, die meine

Eine verruchte Frau

Stiefschwestern streuten, glauben. Sie würden ihnen glauben, weil so viele Leute gar nicht genug von skandalösem Klatsch und Tratsch bekommen konnten. Das konnte niemand.

„Sie dürfen gehen."

Das war's. Nach so vielen Träumen und jahrelangem Studieren wurde alles innerhalb von zehn Minuten von meiner Schwester zerstört und ruiniert. Ich musste einen letzten Versuch unternehmen, denn nichts davon entsprach der Wahrheit. Es war so ungerecht! „Aber – "

„Guten Tag, Miss Jamison." Mr. Polks Stimme hatte jetzt einen scharfen Klang angenommen und ich wusste, es bestand keine Möglichkeit, das Thema weiter zu diskutieren. Ich wurde als Flittchen dargestellt.

Langsam stand ich auf, aber die Männer erhoben sich nicht, wie es höflich und respektvoll einer Dame gegenüber gewesen wäre. Den Klumpen, der sich in meiner Kehle formte, hinunterschluckend, ging ich zur Tür und trat hinaus in den hellen Sonnenschein. Ich wischte eine Träne, die über meine Wange rann, weg und machte mich auf den Weg nach Hause. Die Sonne schien hell und reflektierte von meiner Brille, weshalb ich meine Augen zusammenkneifen musste.

„Es ist fast zu unglaubwürdig. Jemand wie du wird mit dem muskulösen Mr. Nevil erwischt."

Ich sah über meine Schulter in Richtung der schrillen Stimme. Mein Magen sank mir bis zu den Kniekehlen. „Marina."

Natürlich warteten sie auf mich. Sie wollten mit Sicherheit meine Reaktion auf die Neuigkeiten sehen. Es machte einen Teil ihrer Freude aus, Zeugen ihrer Mühen zu werden. Wie hatte ich sie nicht sehen können, dass sie auf mich warteten, bereit sich an meinem Unglück zu weiden und sich damit zu brüsten? Da ich nicht reden wollte, wandte ich ihnen meinen Rücken zu und lief weiter nach Hause, ignorierte sie.

Ich hörte Schritte hinter mir, die mir folgten. „Du bist zu unattraktiv für ihn, auch wenn er nur ein Gärtner ist. Eigentlich bist du das für jeden Mann."

Ich konnte ihre Blicke in meinem Rücken spüren. Höchstwahrscheinlich sahen sie mich von oben herab an, betrachteten mein schlichtes braunes Kleid und meine Haare, die sich aus den Nadeln lösten.

„Aber in der Not frisst der Teufel Fliegen, nicht wahr?"

Marinas Worte trafen mich so tief wie sie es immer taten. Die Narben ihrer unzähligen Wunden hatten mich allerdings taff gemacht. Aber im Moment war ich von dem, was sie getan hatten, geschwächt, denn das war das Grausamste bisher. Ich musste den Grund dafür wissen.

Mich umdrehend, stellte ich mich mit den Händen in den Hüften meinen Stiefschwestern. Sie hielten abrupt an und ihre gebogenen Augenbrauen schossen überrascht in die Höhe. Marina war dunkelhaarig wohingegen ihre Zwillingsschwester, Tara, blond war. Sie sahen sich überhaupt nicht ähnlich, aber ihre Charaktere passten perfekt zueinander. Rücksichtslos, durchtrieben und grausam. Während ich kurz und gedrungen war, waren sie groß und schlank, hatten lange Hälse, perfekte zierliche Kurven, perfekt frisierte Haare.

„Du magst Kinder nicht einmal", sagte ich, wobei ich an all die Male dachte, bei denen Tara es vermieden hatte, mir in der Sonntagsschule zu assistieren.

Sie schenkte mir ein Lächeln, das voller Boshaftigkeit anstatt voller Wärme war. „Kinder? Ich mache das alles nicht für die Kinder."

„Warum dann?" Ich stand kurz davor, in Tränen auszubrechen und bemühte mich sehr, stoisch zu bleiben.

Marina strich über ihre Haare und zuckte mit den

Achseln. „Wir hatten Langweile und weil wir es konnten. Jetzt wird Tara in dem hübschen Lehrerhaus wohnen und du nicht."

Sie hatten mein Leben ruiniert, weil sie gelangweilt gewesen waren. Ich konnte mich nicht länger zusammenreißen und da fielen die ersten Tränen. Beide Frauen gaben entrüstete Laute von sich und ergriffen jede einen meiner Arme, drehten mich um und führten mich die Straße hinab, weg vom Haus. „Was für eine Dame bist du, dass du hier mitten auf der Straße weinst?"

Selbst mit meinen verschwommenen Augen sah ich, wie Tara in ihre Handtasche griff und ein Stück Papier herauszog.

„Hier."

Sie hielt mir das Papier vor die Nase, aber ich konnte es wegen all der Tränen nicht lesen. Ich musste meine Brille putzen.

„Oh, ja, du kannst nichts sehen, oder?" Nach ihrer sanften Erinnerung an ein weiteres meiner Defizite begann sie vorzulesen: „Stellvertreterehe zwischen Miss Eve Jamison und Mr. Melvin Thomkins von Slate Springs, Colorado."

Ich runzelte die Stirn. „Stellvertreterehe?"

„Du denkst doch nicht etwa, dass du hier in Clancy bleiben kannst, oder? Dein Ruf liegt in Scherben. Du hast keine Tugend. Du hast alles mit deiner Affäre mit Mr. Nevil ruiniert."

Ich stemmte meine Fersen in den Boden und schaute zu Marina. „Ich hatte keine Affäre mit Mr. Nevil", erwiderte ich.

„Natürlich nicht. Er wäre niemals an einer Maus wie dir interessiert", konterte Marina mit einem Schlenker ihrer Hand.

Ich wollte eine Affäre mit jemandem haben, hatte sogar in den Groschenromanen, die ich im Warenladen gekauft hatte, davon gelesen. Wenn ich schon meinen Job und meine

Tugend verlor, wäre es schön gewesen, hätte ich tatsächlich auch das getan, worüber in der Stadt getratscht wurde. Hätte eine gute Zeit gehabt. Aber nein, ich war ruiniert und immer noch unberührt.

„Wir tun dir einen Gefallen", fügte Tara hinzu.

„Gefallen?"

„Wir haben einen Ehemann für dich gefunden", erklärte Marina.

Sie führten mich zum Bahnhof, aber mir war nicht bewusst, dass er unser Ziel war, bis wir auf dem Bahngleis anhielten. Der Zug Richtung Westen war vor einer Stunde eingefahren. Das Geräusch konnte einem nie entgehen. Dampf zischte aus der Lock und die Fahrgäste versammelten sich vor dem Zug.

„Du konntest selbst keinen finden."

„Ich habe nicht nach einem Ehemann gesucht", entgegnete ich. Das hatte ich nicht. Ich war zufrieden mit der Realität, dass ich nie einen haben würde und stattdessen Lehrerin war, was keinen Verehrer, ganz zu schweigen von einem Ehemann erlaubte.

„Nun, jetzt hast du einen. Du solltest mir dankbar sein, dass ich dir einen gefunden habe. Mr. Melvin Thomkins. Du bist seine Versandbraut. Hier ist deine Heiratsurkunde. Dein Fahrschein." Tara drückte mir die Papiere in die Hände.

„Fahrschein?", fragte ich, meine Tränen waren lang versiegt. Mein Gehirn verarbeitete immer noch, was vor dem Stadtrat passiert war und Marina und Tara waren zu schnell für mich. Redeten zu schnell für meine Gedanken. Nach unten schauend, sah ich, dass ich eine Hinfahrkarte nach Denver zusammen mit der Heiratsurkunde in den Händen hielt. „Für was?"

„Um dich wegzuschicken. Es ist zu deinem Besten."

Um mich wegzuschicken?

Eine verruchte Frau

Ich trat einen Schritt zurück, aber Marina umklammerte meinen Oberarm wie ein Falke.

„Ihr werdet mich los." Ich sah zwischen meinen sehr hübschen, sehr gemeinen Stiefschwestern hin und her. „Ich will nirgendwohin gehen. Ich will keinen Fremden heiraten."

„Du kannst dich hier nicht mehr blicken lassen. Hast du nicht gehört, was die Leute über dich sagen?", fragte Tara.

Ich sah zu den Leuten, die auf dem Bahnsteig standen. Starrten sie mich an? Verurteilten sie mich? *Wussten* sie es?

Die Zugpfeife ertönte, weshalb ich einen Satz machte.

„Ihr habt das alles geplant. Sogar die Abfahrt des Zuges passt. Einen Ehemann zu finden, hat wahrscheinlich Monate gedauert. Ich hätte nicht gedacht, dass ihr so schlau seid", erwiderte ich. Die Bemerkung mochte fies gewesen sein, aber das war mir egal. Sie hatten viel Schlimmeres getan.

Taras Lächeln verblasste.

Marina winkte einem Gepäckträger, der sogleich eine Tasche herbeitrug, die ich als meine eigene erkannte. Ja, sie hatten das gut geplant. Die Lüge über ungebührliches Verhalten war nur ein Teil des Ganzen gewesen. Sie hatten bei der Versandbrautagentur aller Wahrscheinlichkeit nach sogar vorgegeben, ich zu sein, und hatten sogar jemanden gefunden, der meine – bereits gefüllte – Tasche hierher lieferte.

„Warum jetzt? Ihr hasst mich bereits seit fast zehn Jahren."

Sie zuckten beide mit den Schultern, aber Marina sprach: „Warum nicht?"

Ich schüttelte den Kopf und hätte fast mit dem Fuß aufgestampft. „Ich gehe nicht. Ihr könnt mich nicht dazu zwingen."

„Das stimmt, das können wir nicht", gab mir Tara recht, dann zuckte sie mit den Achseln. „Bleib, wenn du willst. Ich bin mir sicher, die Damen des Hilfswerks freuen sich auf deine Anwesenheit bei dem morgigen Treffen."

Ich war beeindruckt von Taras dramatischer Ironie, obwohl sie wahrscheinlich nicht einmal wusste, was das war.

„Und die Kirche am Sonntag, hast du nicht das Kinderprogramm geleitet? Ich bin mir sicher, dass das nicht länger eine Möglichkeit ist", fügte Marina hinzu. „Hier." Sie drückte mir einige Münzen in die Hand und ich umfasste sie fest. „Mommy gibt dir das als Abschiedsgeschenk. Für die Kutsche ab Denver, damit du deinen neuen Ehemann kennenlernen kannst. Sie wollte nicht, dass du zu kämpfen hast."

Mommy oder Victoria, wie ich sie nannte, war wahrscheinlich begeistert darüber, sich von diesen mickrigen Münzen zu trennen, wenn sie mich dafür endlich loswurde. Und nicht nur ans andere Ende der Stadt ins Lehrerhaus, sondern gleich in eine Kleinstadt namens Slate Springs am anderen Ende Denvers.

„Du meinst, sie wollte nicht, dass irgendeine Chance bestand, dass ich zurückkommen könnte", konterte ich.

Marina schnaubte empört, aber antwortete nicht auf meine Aussage, da sie wusste, dass sie der Wahrheit entsprach. „Geh. Bleib. Du entscheidest."

Mit einem letzten gehässigen Blick drehten sie sich um und liefen mit hoch erhobenen Köpfen davon. Ein Mann hob den Hut, als sie an ihm vorbeigingen und sah ihnen länger in die Augen als es anständig war. Als sie meinem Blick entschwunden waren, blieb ich, wo ich war, den Fahrschein und die Eheurkunde in der Hand, die Tasche vor meinen Füßen. Der Zug pfiff wieder, aber ich war zu verblüfft, um dieses Mal zu erschrecken.

Mrs. Michaels, die am Ende unserer Straße wohnte, lief an mir vorbei, hielt inne und warf mir einen so... enttäuschten Blick zu, dass ich wegschauen musste.

Eine verruchte Frau

„Eine Schande", murmelte sie, bevor sie davonlief. Sie hatte mich mein ganzes Leben gekannt und glaubte das Schlimmste. Würde es immer so sein, wenn ich in Clancy blieb? Mit einer Lüge hatte mich Tara zerstört. Und mit Marinas sorgfältigen Plänen schickten sie mich weg. Sie hatten recht. Ich hatte keine Wahl. Ich musste gehen. Hier gab es nichts mehr für mich. Da mein Vater tot war, konnte ich mir nicht einmal sicher sein, dass mich Victoria wegen der Lügen, die ihre Töchter streuten, nicht rauswerfen würde.

„Alles einsteigen!"

Der Schrei des Schaffners brachte mich dazu, zum Zug zu schauen und die Passagiere durch die Fenster zu betrachten. Der Bahnsteig lag praktisch verlassen da. Ich hatte keinen Job. Keine Familie, die mich wollte. Nichts. Nur einen Zugfahrschein und einen Ehemann, der ein völliger Fremder war. Meine Tasche hochhebend, betrat ich den Zug und ein neues Leben.

2

ed

„Es tut mir leid, Mr. Thomkins", erklärte der Bankangestellte dem Mann vor uns, „aber ich kann Sie kein Geld vom Konto Ihres Bruders Melvin abheben lassen."

Mein Bruder Knox und ich standen hinter dem Mann in der Bank und warteten darauf, dass wir Geld für unsere Reise nach Jasper, wo wir Vorräte besorgen wollten, abheben konnten. Ich seufzte so leise wie ich konnte. Der schnelle Besuch bei der Bank verlief nicht wie erwartet. Unser Pferd und Wagen waren nur an den Anbindebalken gebunden und wir hatten eigentlich gehofft, dass wir mittlerweile bereits unterwegs wären.

Der Schnee war vor einigen Wochen so weit geschmolzen, dass der Pass von Slate Springs wieder zugänglich war. In Wichita – wo wir bis zum vergangenen Jahr gelebt hatten – wäre es mittlerweile

Eine verruchte Frau

höchstwahrscheinlich heiß, aber so weit oben in den Bergen war es nachts immer noch kalt. Das störte mich allerdings kein bisschen. Ich war groß und mir war immer warm.

„Warum nicht?", wollte er wissen und klatschte mit der Hand auf den hölzernen Tresen.

„Es tut mir leid, vom Tod Ihres Bruders zu hören und auf welch schreckliche Weise er von uns gegangen ist, aber das Konto gehört Ihnen nicht." Der Bankangestellte, Rob Simms, den wir aus vielen Nächten des Kartenspielens während des langen Winters kannten, war bemerkenswert ruhig, wenn man bedachte, wie viel Geduld jemand wie Thomkins erforderte. Er war ein Arschloch, wie ich noch nie eines kennengelernt hatte und ich hatte viele kennengelernt.

In einer Kleinstadt zu wohnen und zwar in einer Kleinstadt, die für ein halbes Jahr vom Rest der Welt abgeschnitten war, machte den Mann nur noch schlimmer, weil man ihm nicht entkommen konnte. Ich stellte mir die Anzahl an Leuten vor, die ihn erschießen wollten. Der Sheriff würde dem Mann – oder meiner Schwester Piper – für diese Tat bestimmt eine Medaille verleihen anstatt ihn hinter Gitter zu bringen.

„Er ist tot. Natürlich gehört es mir und Curtis."

Ich sah zu Knox, der die Augen verdrehte.

Es gab drei Thomkins Brüder. Melvin Thomkins war vor einer Woche bei einem Felsrutsch gestorben. Ein schwerer Sturm war durchgezogen und der aufgeweichte Boden hatte nachgegeben. Felsen und Matsch hatten das Haus des Mannes, während er darin geschlafen hatte, hinweggeschwemmt. Ich hoffte, dass er nicht aufgewacht und sofort gestorben war. Überreste des Hauses waren sichtbar, aber nicht viele. Von Melvin gab es keine Überreste. Curtis, der Jüngste der drei, war der Lehrer der Stadt. Und derjenige vor uns, der sich beschwerte, war die Stadtplage. Er arbeitete nicht, da er genügend Geld hatte und deswegen interessierte er sich für die Aktivitäten des Stadtrates und die aller anderen. Niemand nannte ihn bei etwas anderem als seinem Nachnamen und ich musste mir eingestehen, dass ich seinen Vornamen nicht einmal kannte.

Der Bankangestellte schüttelte den Kopf. „Nein, Sir. Wie Sie wissen, wie die gesamte Stadt weiß, hat er sich eine Versandbraut genommen. Ihr Bruder Melvin meine ich."

„Ja, ich weiß, welcher Bruder sich eine Versandbraut hat schicken lassen", entgegnete Thomkins. „Was ist mit ihr?"

„Nun, sie ist rechtlich seine Frau, was bedeutet, dass das Geld ihr gehört."

„Was?" Ich sah, wie Thomkins Finger weiß wurden, als er den Tresenrand umklammerte.

„Es tut mir leid, dass ich Ihnen nicht helfen kann." Der Bankier nickte ihm knapp zu und sah über Thomkins' Schulter zu mir und Knox. Er hatte eindeutig kein Interesse daran, weiter mit dem Mann zu diskutieren, vor allem nicht, weil es ein rechtliches Problem war und kein Bankbezogenes.

„Ich möchte Geld abheben", sagte ich. Jemand trat in die Bank und ich nickte in seine Richtung.

Thomkins wich nicht von seiner Stelle vor dem Tresen, aber drehte sich um und sah mich und Knox aus schmalen Knopfaugen an. Er war an die dreißig Zentimeter kleiner als wir und aus unserer Höhe konnten wir mehr von seinem kahlen Kopf sehen als die Meisten. Die Haare, die er noch hatte, waren blond, was ihm nicht gerade dabei half, seine Blöße zu bedecken.

„Mein herzliches Beileid zu Ihrem Verlust, Thomkins", sagte Knox. „Ihr Bruder war ein netter Mann."

Das war er auch gewesen. Warum Melvin den freundlichen Charakter und Verhalten für alle drei Brüder erhalten hatte, wusste ich nicht. Es wäre auch nicht wichtig,

Eine verruchte Frau

bis auf die Tatsache, dass Curtis Thomkins die Kinder von Slate Springs unterrichtete. Ein Tag in seinem Klassenzimmer war bestimmt nicht erfreulich. Ich erinnerte mich noch daran, wie ich selbst zur Schule gegangen war. Auch wenn ich nicht gerne drinnen eingesperrt gewesen war, hatte, den ganzen Tag über die reizende Miss Carmichael anzuschauen, die Dinge doch erheblich vereinfacht. Was sie betraf, so war sie wahrscheinlich bei fünf Dare Brüdern, die sie unterrichten musste, jeden Abend nach Haus gegangen und hatte sich einen hinter die Binde gekippt.

„Würden Sie uns entschuldigen, Mr. Thomkins? Es ist etwas schwierig eine Transaktion mit anderen Kunden zu tätigen, während Sie hier stehen."

Thomkins sah zu mir und Knox und dem anderen Mann, der ebenfalls wartete. Seine Wangen waren gerötet und seine Augen verzogen sich zu Schlitzen, höchstwahrscheinlich weil er verärgert war, dass andere ihr Gespräch mitbekommen hatten. Er murmelte irgendetwas und stürmte hinaus, wobei er die Tür hinter sich zu schlug. Es war ein Wunder, dass das Glas darin nicht zerbrach.

„Entschuldigung dafür", sagte Rob zu uns, als wir nach vorne traten. Obwohl seine Stimme entschuldigend klang, war ich mir sicher, dass er einfach nur froh war, nur noch den Rücken des Mannes sehen zu müssen.

„Nicht deine Schuld", meinte Knox.

Ich teilte ihm die Summe mit, die ich abheben wollte und während er die Geldscheine holte, unterhielt sich Rob mit uns. „Auf dem Weg nach Jasper?"

Ich nickte. „Wir holen mehr Vorräte. Wir haben gerade unseren ersten Winter hier verbracht und ich fühle mich wie ein Eichhörnchen, das Nüsse sammelt, bevor der Winter wieder kommt."

Rob lachte und zählte uns das Geld ab. Ich nahm es vom

Tresen und steckte es weg. „Sollen wir dir irgendetwas mitbringen?"

Wir hatten nichts dagegen, freundlich zu sein.

„Dieses Mal nicht, Danke. Aber ihr könntet nach Melvin Thomkins' Witwe schauen."

Knox lehnte sich gegen den Tresen. „Oh?"

„Ihr habt ihn gehört." Rob deutete mit dem Kinn zur Tür, um auf Thomkins' wütenden Rückzug hinzuweisen. „Diese Frau steht zwischen ihm und einer großen Geldsumme."

„Melvins Frau ist jetzt eine reiche Witwe und weiß es nicht einmal", stellte ich fest.

Rob nickte. „Genau." Der Bankier war verheiratet und hatte zwei kleine Kinder. Er machte sich also nur Sorgen um die Frau, weil er ein netter Mensch war, nicht weil er hinter ihrem neuentdeckten Vermögen her war. „Während Thomkins verheiratet ist", er machte eine Pause, in der er offensichtlich an die arme Frau des Mannes, Agnes, dachte, „ist es sein Bruder Curtis nicht."

Er warf uns einen bedeutungsvollen Blick zu.

Ich verstand und als Knox nickte, wusste ich, dass er das ebenfalls tat.

Diese Frau war allein und auch wenn sie ziemlich reich war, war sie den Intrigen der Thomkins schutzlos ausgeliefert. Sie brauchte unsere Hilfe.

„Sie sollte heute in Jasper ankommen, aber ich weiß nicht, ob sich jemand mit ihr treffen wird, jetzt da Melvin tot ist. Thomkins weiß es eindeutig nicht oder er würde bereits den Berg runterrennen."

„Heute?", fragte Knox und warf mir einen Blick zu. „Wie passend. Vielleicht werde ich noch etwas anderes als Vorräte mitbringen."

„Du? Vielleicht möchte ich sie ja behalten", konterte ich, dann nickte ich Rob und dem Mann hinter uns zu, bevor wir aus der Bank liefen. Wir machten uns für mehr als Mehl und

Nägel auf den Weg nach Jasper. Knox war an ihr interessiert. Genauso wie ich. Der bessere Mann möge gewinnen.

Knox

Die Ladentür knallte auf. „Sie ist hier."

Ich drehte mich bei Jeds Worten um. Ich suchte gerade in meiner Tasche nach den Münzen, die ich brauchte, um die Dame für die zierlichen Bänder, die ich soeben für Baby Lil gekauft hatte, zu bezahlen. Sie waren hellrosa und blau. Meine Nichte war nur ein paar Monate alt und hatte einige wenige rote Haarbüschel. Also würde sie die Bänder nicht in naher Zukunft brauchen. Es würde sogar noch länger dauern, bis Jed und ich ihr das Schießen beibrachten – wir würden das im Geheimen tun müssen, damit ihre zwei Väter, Spur und Lane, nichts davon erfuhren – aber in der Zwischenzeit würden wir sie verwöhnen.

„Hier?"

Mein Bruder hatte seinen Kopf und Schulter durch den Türrahmen gesteckt und deutete mit dem Daumen über seine Schulter. „Mr. Denby hat mich gerade aufgesucht und erzählt, dass Thomkins' Braut vor dem Warenladen sitzt."

Ich legte die Münzen auf den Tresen, schnappte mir die Bänder und hob vor der Frau den Hut.

„Woher zur Hölle weiß er das?", fragte ich und marschierte aus der Tür. Er schloss sie hinter mir und wir liefen nebeneinander her. Wir hatten eine ähnliche Größe und beide lange Beine. Wir würden innerhalb einer Minute beim Warenladen sein.

„Die Frau ist neu in der Stadt, hat eine Tasche vor ihren Füßen. Wer könnte es sonst sein?", fragte er.

Das war wahr. Jasper war eine kleine Stadt und die Kutsche kam nur einmal die Woche hierher.

„Aber sie sollte erst in einer Stunde kommen", widersprach ich, womit ich nur aussprach, was Jed bereits wusste. Wir hatten die Ankunftszeit der Kutsche ausfindig gemacht, als wir in die Stadt gekommen waren. Anschließend hatten wir unsere Bestellungen abgegeben, während wir warteten. Nach dem, was Rob in der Bank erzählt hatte, würden wir diese Frau nicht ahnungslos und allein in Jasper oder noch schlimmer der Gnade Thomkins ausgeliefert zurücklassen. Der Bastard.

Jed warf mir einen Blick zu, als wir auf die Straße traten, um zwei Frauen zu umgehen, die an uns vorbeiliefen. „Nun, sie kam früher an. Sie ist hier."

Welche Frau wurde eine Versandbraut? Ich wusste, dass Celia, Luke und Walker Tates Ehefrau, eine Versandbraut gewesen war. Sie war Witwe gewesen und vor dem verrückten Bruder des Mörders ihres Mannes geflohen. Das war ein guter Grund, um ihre alte Stadt hinter sich zu lassen und die Frau zwei beschützender Ehemänner zu werden. Dann war da noch unsere Schwester. Sie war zur Versandbraut geworden, indem sie den Platz einer toten Frau eingenommen hatte. Sie war von Zuhause, von mir, Jed und unseren anderen drei Brüdern davongelaufen, weil wir sie zu sehr beschützt hatten. Ich runzelte die Stirn und verdrehte die Augen, als ich daran dachte. Was für Brüder wären wir, wenn wir sie nicht beschützen würden? Nun, sie hielt uns für nervig, also hatte sie ihr Zuhause hinter sich gelassen und war mit Lane und Spur in Slate Springs geendet. *Sie* war glücklich mit ihren Männern – was auch gut war – aber sie war unsere Schwester und nicht das beste Beispiel für eine Versandbraut.

Also was war mit der frischgebackenen Mrs. Thomkins? Was war ihr Grund, ihr Zuhause zu verlassen und für einen

Eine verruchte Frau

Ehemann nach Slate Springs, Colorado, zu reisen? Obwohl das Stadtgesetz etwas anderes erlaubte, hatte sie nur Melvin geheiratet. Er hatte nicht beabsichtigt, sie mit einem zweiten Ehemann zu teilen.

Wie sah sie aus? Groß, klein, ein Klappergestell oder eine Frau mit etwas Fleisch auf den Rippen, an dem man sich festhalten konnte? Hell oder dunkel?

Bis jetzt hatte ich nur daran gedacht, ob ein Bräutigam *sie* mögen würde. Ob *ich* sie mögen würde. Ich hatte nie darüber nachgedacht, dass sie ihren Bräutigam nicht mögen könnte. Ich fragte mich, was sie von *mir* denken würde. Ich sah ganz passabel aus, zumindest hatten das meine Schwester, Piper, und einige andere Frauen in Slate Springs behauptet. Ich hatte allerdings rote Haare. Sehr rote, wie Karotten. Und einen Bart, ich hatte einen Bart. Ich war auch muskulös. Große Hände, große Füße. Großes alles.

Was, wenn wir uns ihr näherten und sie schreiend davonrannte? Jed war genauso groß wie ich. Mir hatte es noch nie an Selbstvertrauen gemangelt, aber jetzt...jetzt fühlte ich mich wie ein jungfräulicher Kerl, der versuchte zum ersten Mal ein Mädchen zu küssen. Nun, ich würde die Frau nicht küssen, da sie Melvins Witwe war, also –

Da war sie. Ich sah sie und blieb abrupt stehen. Ich legte eine Hand auf Jeds Brust und er hielt ebenfalls an, folgte meinem Blick. Ja, ich würde diese Frau küssen und hoffentlich würde ich dabei keinen Idioten aus mir machen.

Sie war ungefähr zwanzig Meter entfernt von uns und hatte nicht bemerkt, dass wir uns näherten. Sie bemerkte niemanden, weil sie ihre Nase in ein Buch gesteckt hatte. Sie war ein winziges Ding. Nun, winzig im Vergleich zu Jed und mir. Ihr Rücken war so steif und gerade als hätte sie einen Eisenstab anstelle einer Wirbelsäule. Auf ihrem Kopf saß ein kleiner Strohhut, der ihr Gesicht nicht vor der intensiven Bergsonne schützte. Er konnte ihr wildes Haar genauso wenig verbergen, das versuchte aus dem Knoten in ihrem Nacken zu entkommen. Es wirkte, als hätte sie entweder nicht genug Nadeln in ihr dunkles Haar gesteckt oder als hätte sie ihren Kopf den ganzen Weg von Denver hierher aus der Kutsche gehalten. So anständig und ordentlich wie der Rest von ihr war, ihr einfacher Mantel, die zwecktauglichen Stiefel, bezweifelte ich, dass das der Fall war.

Ihr Profil war reizend. Stupsnase, hohe Wangenknochen. Ich war nicht gut mit blumigen Umschreibungen, aber ich wusste allein von ihrem Profil, dass sie ziemlich hübsch war. Ich hatte nicht einmal bemerkt, dass sie eine Brille trug, bis sie sie abwesend ihre Nase hochschob.

„Sie ist ein Blaustrumpf", murmelte Jed. „Ich wette, sie weiß nicht einmal, wie sie eine Pistole halten soll."

Ich war mir nicht sicher, ob die Vorstellung meinem Bruder gefiel oder abschreckte, da unsere Schwester mit überraschender Regelmäßigkeit auf Leute schoss. Glücklicherweise waren Lane und Spur in der Lage, ihre Frustrationen zu dämpfen. Ich würde allerdings nicht darüber nachdenken, *wie* sie das taten.

Diese Frau schien uns beide zu faszinieren. Ich sah, wie sich Jeds Mund verzog und wusste, dass er nicht unzufrieden war. Sie mit einem Buch zu sehen, war ein Zeichen dafür, dass sie durch Lesen der Welt entfliehen konnte. Eine flatterhafte Frau würde in Slate Springs nicht überleben, weil der Winter ein halbes Jahr dauerte. Der einzige Weg, der Stadt zu entkommen, wenn sie während dieser Zeit wegen eines Passes, der vollständig mit Schnee begraben war, vom Rest der Welt abgeschnitten war, war durch ein Buch.

„Ich will sie", murmelte ich, was Jed dazu brachte, in meine Richtung zu schauen.

„Wirklich? Vielleicht will ich sie ja."

Scheiße. Würde ich mit meinem Bruder um sie kämpfen? Wir hatten das nicht mehr getan, seit wir Teenager waren und keiner von uns hatte damals das Mädel bekommen, nur ein blaues Auge.

Ich setzte meine Füße wieder in Bewegung. Wir überwanden die Distanz zu ihr schnell. Sie sah bei dem Klang unserer Stiefel auf dem unebenen Gehweg nicht auf, aber als unsere Körper die Sonne verdeckten. Erst dann hob sie ihr Kinn und ließ ihr Buch in den Schoß sinken.

„Oh. Hallo", murmelte sie erschrocken. Sie schob ihre Brille hoch.

Ihre Augen hatten ein so intensives Grün, wie ich es noch nie gesehen hatte. Wie Pappeln im Sonnenlicht. Das war mein erster Gedanke, als sie zu uns hochsah. Sie erhob sich abrupt, wodurch das Buch zu Boden fiel. Wir traten zurück, um ihr Raum zu geben und ich ging in die Knie, um es aufzuheben. In dieser Position befanden wir uns auf Augenhöhe.

Ich warf einen Blick auf das Buch. *Die Minen von Colorado* von Ovando J. Hollister. Faszinierend. Sie war nicht nur ein Blaustrumpf, sondern auch noch daran interessiert, mehr über ihre neue Umgebung zu erfahren. Sie konnte nicht wissen, dass wir eine Mine besaßen, eine Mine, die so neu war, dass sie noch nicht auf diesen Seiten verzeichnet sein konnte. Ich reichte ihr das Buch und sie nahm es mir ab, wobei ihre Finger meine streiften. Obwohl ihre in Handschuhen steckten, konnte ich ihre Wärme spüren.

Mein Schwanz regte sich bei dieser leichten Berührung und der Art, wie sich ihre Augen weiteten.

Erschrocken zuckte sie zurück und presste ihr Buch an den Bauch. Ich war mir nicht sicher, ob sie nervös war, weil ich das Thema ihres Buches kannte oder weil sich unsere Finger berührt hatten. Das war auch nicht von Bedeutung. Ich wollte mehr, egal was zutraf. Aus dieser Nähe konnte ich sie besser betrachten. Obwohl sie klein war, war sie nicht zierlich. Ihr Körper war üppig und weich, hatte Kurven, die ein Mann festhalten wollte. Sie hatte keine scharfen Kanten, was gut war, da ich bereits grob und hart war.

Röte überzog ihre runden Wangen und ihre Lippen pressten sich aufeinander. Irgendwie bewegten sich ihre Schultern noch weiter nach hinten und sie stand sogar noch gerader. Ich fand es amüsant und erregend, da sie zwar ein steifes Mädel war, aber auch sehr reizende, sehr volle Brüste hatte, die sie mir entgegenstreckte. Ich bezweifelte, dass sie von ihren verlockenden Taten wusste und das verstärkte den Wunsch in mir, sie durcheinanderzubringen. Sie dazu zu bringen, meinen Namen zu schreien.

„Miss Jamison?", fragte ich. Rechtlich gesehen war sie Mrs. Thomkins, aber ich fühlte mich nicht gut dabei, das zu sagen, da sie den Mann nie kennengelernt hatte.

Sie nickte leicht mit dem Kopf und eine verirrte Locke fiel nach vorne und streifte ihre Wange. Ich beobachtete, wie sie sie abwesend hinter ihr Ohr strich und nahm an, dass es für sie selbstverständlich war, das zu tun. Ihre Augen weiteten sich leicht hinter der schlichten Brille, ein kleines Lächeln bildete sich auf ihren vollen Lippen und mir wurde bewusst, dass sie davon ausgehen musste, dass ich Melvin war.

Ich würde viel Geld dafür zahlen, um zu wissen, was sie dachte. Fand sie die Vorstellung, mich als Ehemann zu haben, verlockend? Der Gedanke, dass sie die Meine wäre, gefiel mir. Zur Hölle, ja, das tat er. Ich befolgte normalerweise nicht den Rat meiner Schwester, aber ich war dankbar, dass ich ihren Ratschlag angenommen und meinen Bart gestutzt hatte, sodass ich nicht wie der wilde Bergmann aussah, zu dem ich im letzten Jahr geworden war. Ich wollte, dass dieser Frau gefiel, was sie sah, denn mir erging es so. Mir gefiel ihr Anblick sehr gut.

3

nox

„Ich bin Knox Dare." Ich musterte sie, während sie die Stirn runzelte, weil ihr klarwurde, dass ich nicht ihr Ehemann war. Dann warf sie einen Blick auf Jed.

„Wie Sie sich wahrscheinlich denken können, sind wir Brüder." Er hob seinen Hut. „Ich bin Jed."

Ein Grübchen erschien auf ihrer rechten Wange und ich war verzaubert.

„Es tut mir leid, dass wir nicht hier waren, als die Kutsche angekommen ist. Wir sind nicht daran gewöhnt, dass sie zu früh ankommt."

„Ach, das ist kein Problem." Ihre Stimme war leise, dennoch klar. „Ich beschäftige mich gern allein, während ich auf Mr. Thomkins warte."

Unabhängigkeit war eine gute Sache, aber ich würde sie nicht an einem Ort allein lassen, wo irgendein dahergelaufener Bergarbeiter vorbeikommen und sie belästigen könnte. Es war jetzt meine Aufgabe – *unsere* Aufgabe – sie zu beschützen, vor allem, da Melvin nicht kommen würde. Ich wollte zwar nicht, dass Jed sie bekam, aber er konnte mir auf jeden Fall dabei helfen, sie zu beschützen.

Da mir einfiel, dass ich die Bänder in meiner Hand hielt, streckte ich sie ihr entgegen. „Die sind für Sie."

Ihre Augen weiteten sich bei meinem Geschenk. Genauso wie Jeds.

Das war nur eine Verzögerungstaktik, da ich einfach noch nicht bereit war, ihr von Melvin zu erzählen.

„Die sind reizend. Blau ist meine Lieblingsfarbe. Vielen Dank." Das Lächeln, das sie mir schenkte, veränderte ihr Gesicht völlig – und mein Verlangen, Junggeselle zu bleiben. Es war grausam und herzlos, das auch nur zu denken, aber ich war froh, dass Melvin tot war, denn jetzt konnte sie – nein, würde sie – die Meine werden.

„Wirst du den ganzen Tag wie ein Bauernbursche vor ihr knien?" Jeds Worte trieben mir die Röte in die Wangen und ich war dankbar für meinen Bart, der sie verbarg. Sein Stoß gegen meine Schultern bewog mich dazu, aufzustehen.

„Miss Jamison, ich fürchte, wir haben schlechte Neuigkeiten", murmelte Jed.

Da legte sie die Stirn in Falten und ich wollte Jed in den Magen boxen, weil er ihr Lächeln genommen hatte.

„Ihr, ähm, nun, Mr. Melvin Thomkins ist letzte Woche verstorben."

Daraufhin fiel ihr verwirrter Gesichtsausdruck und ihr Gesicht wurde völlig ausdruckslos.

„Oje. War er…war er ein alter Mann?"

Die Frage sagte viel aus, denn sie hatte keine Ahnung, ob ihr Ehemann zwanzig oder achtzig war.

„Um die fünfunddreißig."

Ich bewegte mich nicht, atmete kaum und fragte mich,

was sie als nächstes tun würde. Sie starrte einfach nur, ohne zu Blinzeln, auf meine Brust. Ich war nicht so überzeugt von mir selbst, dass ich dachte, sie fände meinen Körper anziehend. Tatsächlich bezweifelte ich, dass sie überhaupt etwas sah, so gedankenverloren wie sie wirkte.

„Anscheinend wussten Sie nur wenig über Mr. Thomkins? Keine Briefe?"

Sie blinzelte, dann sah sie zu Jed hoch. „Nein. Überhaupt nichts. Ich fühle mich wegen dem Ganzen so schlecht."

Ich hob meine Hand, um ihren Arm zu tätscheln, dann besann ich mich eines Besseren. „Ja, es ist hart, jemanden zu verlieren, vor allem einen Ehemann."

Ihre grünen Augen blickten in meine und sie schob ihre Brille nach oben. „Das ist es ja gerade, Mr. Dare. Ich fühle mich schlecht, weil ich nichts für Mr. Thomkins empfinde. Auch wenn es mir leidtut, zu hören, dass er gestorben ist, trauere ich nicht um ihn. Ich bin auch ein wenig erleichtert, weil ich mit einem völlig Fremden verheiratet worden bin. Aber jetzt bin ich allein, habe kaum Geld und keinen Ort, an den ich gehen kann. Ich denke nur an mich, obwohl doch jemand *gestorben* ist."

„Bitte nennen Sie mich Jed und meinen Bruder Knox, ansonsten werden Sie uns nur verwirren."

Als sie nickte, fuhr er fort: „Ihre Gefühle sind verständlich und Sie müssen sich nicht vor uns rechtfertigen", meinte Jed. „Wir haben eine Schwester, die uns sehr eindrücklich auf die Herausforderungen hingewiesen hat, vor denen Frauen stehen. Was Sie betrifft, so haben Sie zwar nicht länger Mr. Thomkins als Bräutigam und Beschützer, aber bitte erlauben Sie uns, Sie nach Slate Springs zu begleiten."

„Und Ihnen unseren Schutz anzubieten", fügte ich hinzu.

Sie sah zwischen uns hin und her, ihr Kinn war nach

hinten geneigt, damit sie uns vollständig betrachten konnte. „Das kann ich nicht tun. Das wäre unschicklich."

Wahrscheinlich würde bereits das Ausziehen ihrer Handschuhe als unschicklich gelten. Ihr Mantel war bis unter ihr Kinn zugeknöpft. Nicht ein Zentimeter Haut unterhalb ihres Halses wurde gezeigt. Warum wollte ich dann einen Knopf nach dem anderen öffnen, sie entkleiden und ihr Gesicht dabei beobachten, während jeder Zentimeter unschicklich entblößt wurde?

„Ich versichere Ihnen, eine Reise allein nach Slate Springs ist nicht ratsam", sagte ich. „Das Wetter auf dem Pass kann sich jederzeit ändern. Selbst jetzt im Juli kann es schneien. Jeder in Jasper würde uns zustimmen, dass man die Reise nicht allein wagen sollte, egal ob Mann oder Frau."

„Machen Sie sich keine Sorgen. Falls Sie um ihre Tugend fürchten, Sie werden in Slate Springs nicht bei uns wohnen", fügte Jed hinzu. „Sie werden bei unserer Schwester Piper und ihren Ehe- "

Jed unterbrach sie, da jetzt nicht der richtige Zeitpunkt war, um sie über das besondere Gesetz unserer Stadt zu informieren und darüber, dass Piper nicht nur einen, sondern zwei Ehemänner hatte. Wenn einer von uns ihr den Hof machen wollte, musste sie sich in Slate Springs aufhalten, damit wir das tun konnten, nicht in der nächsten Kutsche zurück nach Denver sitzen.

„Sie werden bei unserer Schwester unterkommen", wiederholte ich und beendete so den Satz.

Jed reichte ihr auf sehr kavalierhafte Weise den Ellbogen und ich hob ihre Tasche auf. „Wir haben unsere Besorgungen hier in Jasper bereits erledigt", erklärte ich ihr. „Wollen wir aufbrechen?"

Miss Jamison beäugte Jeds Arm und überlegte, was sie tun sollte. Ich musterte seinen Arm ebenfalls, aber aus einem ganz anderen Grund. Wir waren hinter der gleichen Frau

Eine verruchte Frau

her, einer Frau, deren Vornamen wir nicht einmal kannten. Es war, als wären wir wieder neunzehn und würden um Samantha Perkins' Aufmerksamkeit wetteifern. Diese Frau war nicht Samantha Perkins. Zur Hölle, nein. Diese Frau war so viel mehr.

Meine Vorstellung wäre, sie über meine Schulter zu werfen und zum nächsten Pfarrer zu bringen, aber Jed war geduldiger. Anscheinend auch klüger, denn sie ergriff seinen Ellbogen und sie liefen den Gehweg entlang zu unserem Wagen. Verflucht sollte er sein.

Mir gefiel es nicht, sie an Jeds Arm zu sehen, aber mir gefiel es ihren sanften Hüftschwung zu beobachten und die Bänder, die *ich* ihr gegeben hatte, aus ihrer behandschuhten Hand baumeln zu sehen. Diese Frau würde die Meine werden. Sie wusste es nur noch nicht.

Eve

Ich wusste nicht, was ich denken sollte. Ich hatte die Niederträchtigkeit meiner Stiefschwestern hinter mir gelassen. Je weiter sich der Zug von Clancy entfernt hatte, desto klarer war mir geworden, dass ich *sie* ebenfalls hinter mir lassen konnte. Ich musste nicht bei ihnen wohnen. Ich musste nicht mit ihnen essen. Ich musste mich nicht von ihnen verspotten lassen. Ich war frei.

Aber ich war auch allein. Für kurze Zeit – das Papierstück in meiner Tasche bewies das – war ich mit jemandem verheiratet gewesen, der mich wirklich gewollt hatte. Er hatte mich nicht kennengelernt, aber nach mir schicken lassen und mich geheiratet. Dann war er gestorben. Ich hatte den Mann nie auch nur gesehen und war jetzt

Witwe. Das musste ein neuer Rekord für die kürzeste Ehe aller Zeiten sein.

Wie ich den Dare Brüdern erzählt hatte, schämte ich mich, dass ich nichts – gar nichts – für Mr. Thomkins empfand, aber wie könnte ich auch? Er war ein Fremder für mich. Noch beschämender waren allerdings die Gedanken, die ich mir über Mr. Dare machte. *Und* Mr. Dare.

Ich saß zwischen die beiden gequetscht auf der Bank des Wagens, sodass ihre festen Körper mich auf dem anstrengenden Ritt den Berg hinauf auf der Bank sicherten. Ich war noch nie zuvor einem Mann so nah gewesen, ganz zu schweigen von zweien. Ich hatte keine Ahnung gehabt, dass ihre Muskeln so hart sein konnten, so...sehnig.

Wir sprachen während der Reise über Allgemeines. Über den Pass, der im Winter geschlossen war, das unebene Gelände, dass Bäume in einer bestimmten Höhe aufhörten zu wachsen, das Silber, das im Berg gefunden wurde. Das war alles faszinierend für mich und sie sprachen über Dinge, die mein Buch nicht erwähnt hatte. Sie erzählten, dass sie erst vor einem Jahr aus Kansas hierhergekommen waren und sich in der Nähe ihrer Schwester niedergelassen hatten. Sie hatten sich eine Bergbaugenehmigung besorgt und ihr eigenes Unternehmen gestartet. Es schien, dass die beiden große Pläne hatten und laut dem Buch, das ich gelesen hatte, kräftige Rücken. Nun, ich brauchte kein Buch, das mich über den letzten Teil informierte. Allein sie anzuschauen, reichte dafür aus.

Ich war froh, dass sie die dreistündige Reise mit Konversation füllten, da mein Gehirn dadurch keine Zeit hatte, sich länger damit zu beschäftigen, wie warm sie waren, dass ich jeden Zentimeter ihrer Seiten fühlen konnte, dass mich ihr Duft schon fast benebelt machte.

Warum fand ich diese Männer so attraktiv, wenn mir das zuvor bei noch keinem einzigen passiert war? Und warum

Eine verruchte Frau

beide? Etwas stimmte definitiv nicht mit mir. Vielleicht war es der Schock über Mr. Thomkins' vorzeitigen Tod. Mein Herz schlug hektisch, dann beruhigte es sich und setzte jedes Mal einen Schlag aus, wenn mir einer von ihnen einen Blick zu warf. Mir war heiß, dann kalt. Meine Handflächen waren feucht und ich würde erst gar nicht darüber nachdenken, dass meine Brustwarzen hart geworden waren und angefangen hatten, zu schmerzen. Das war neu.

„Oh, gut, du bist hier", sagte Jed zu der rothaarigen Frau, die bei unserer Ankunft auf die Veranda des zweistöckigen weißen Hauses getreten war.

„Wo sollte ich sonst sein?", fragte sie mit den Händen in den Hüften und einer gehobenen Augenbraue.

Knox kletterte vom Wagen. „Im Saloon vielleicht?"

Saloon? Gute Güte.

Die Frau spitzte ihre Lippen und verzog ihre Augen zu Schlitzen. „Ich habe seit einem Jahr keinen Fuß mehr in einen Saloon gesetzt."

Knox wandte sich mir zu und hielt seine Hände hoch, um mir vom Wagen zu helfen.

„Ja, aber nur weil es dir nicht erlaubt ist."

Jed sprach hinter meinem Rücken mit ihr. Ich war zu konzentriert auf Knox' große, warme Hände auf meiner Taille, als dass ich dem Gezanke der Geschwister Beachtung geschenkt hätte. Es stand außer Frage, dass diese Frau ihre Schwester war.

„Genug von mir. Wollt ihr uns nicht vorstellen?", fragte sie, obwohl ich auf Knox starrte, nicht zu ihr.

Ich hielt seinen blauen Blick ein wenig länger, dann gab er mich frei und wandte sich ab.

„Miss Jamison…ich meine Mrs. Thomkins darf ich Ihnen unsere Schwester Piper vorstellen?"

Sie war ein bisschen größer als ich und etwas schlanker. Allerdings hatte sie einen großen Busen. Ihre Haare waren so rot wie die ihrer Brüder, ihre Haut blass. Sie war unglaublich hübsch. Ich fragte mich allerdings, warum man ihr verbieten musste, in einen Saloon zu gehen.

„Mrs. Thomkins?", fragte sie.

„Sie ist Melvins Versandbraut."

„Eve, bitte", sagte ich. „Ich fühle mich nicht wie eine Mrs. Thomkins und ich bin nicht länger Miss Jamison."

Pipers Lächeln verrutschte und sie kam die Treppe hinab. „Es tut mir leid, von seinem vorzeitigen Ableben zu hören."

„Sie wird bei dir bleiben, wenn das in Ordnung ist", verkündete Jed. „Die anderen Mr. Thomkins' werden ihre Bekanntschaft machen wollen, aber wir hielten es für das Beste, wenn sie sich bei Freunden befindet."

„Mein…Melvin hat einen Bruder?", fragte ich aufgrund von Jeds Kommentar.

„Zwei", antwortete Knox.

Ich hatte nicht daran gedacht, dass mein Ehemann Familie haben könnte. Ich hatte bisher nur an den Mann selbst gedacht. „Sollte ich dann nicht vielleicht bei ihnen wohnen?"

„Nein." Alle drei sprachen gleichzeitig.

Ich wollte gerade fragen, warum sie so vehement dagegen waren, dass ich Melvins Familie kennenlernte und bei ihnen blieb, aber wurde von zwei Männern, die sich näherten und von denen einer ein kleines Baby in den Armen hielt, abgelenkt. Ein Mann war blond, der andere dunkelhaarig und hatte einen Bart. Dieser hielt das Baby, bei dem es sich, nach dem rosa Kleid zu schließen, um ein Mädchen handelte. Es bestand keine Frage, mit wem das Kind verwandt war, da sie die feuerroten Haare ihrer Mutter hatte. Die gleichen Haare wie meine Begleiter.

Piper begrüßte die zwei Männer und streichelte über den Kopf des Babys. Sich nach unten beugend, küsste der Dunkle Piper auf die Lippen. Es war keusch, aber nichts, das ich gewöhnt wäre, in der Öffentlichkeit zu sehen. Nun, damit meinte ich, dass ich nicht daran gewöhnt war, so etwas überhaupt zu sehen, denn ich hatte auch im Privaten nicht erlebt, wie sich Paare geküsst hatten.

Weder Jed noch Knox schienen Anstoß an der Handlung zu nehmen.

„Hast du dich überhaupt ausgeruht?", fragte er.

Piper verdrehte die Augen und der andere Mann streckte seine Hand aus und schlug ihr auf den Hintern. Mein Mund klappte auf.

„Du solltest doch ein Nickerchen halten, während wir uns um Lillian gekümmert haben", sagte der Blonde, dann zog er Piper für einen Kuss zu sich.

Ich sah verstohlen zu Jed und Knox. Keiner der Männer sah allzu begeistert über diese öffentliche Zurschaustellung aus, aber sie verprügelten sie auch nicht.

„Hör auf, unsere Schwester zu befummeln", knurrte Knox.

„Ihr Dare Jungs braucht eure eigene Frau, dann lasst ihr uns vielleicht in Ruhe", entgegnete der Blonde.

Piper verdrehte wieder ihre Augen. Sie befolgte die strengen gesellschaftlichen Regeln eindeutig nicht. Ich fühlte mich, als würde ich ein Einhorn anstarren, da das Verhalten des Trios etwas völlig Unbekanntes für mich war. „Mrs. Thomkins, *Eve*, darf ich dir Spur und Lane vorstellen? Spur hält Baby Lillian und Lane ist der Brutalo, der gerne Hintern versohlt."

Ich stand da, die Hände vor mir gefaltet, mit großen Augen und stocksteif. Ich drückte meinen Rücken noch weiter durch und schenkte ihnen ein neutrales Lächeln. „Wie geht es Ihnen?"

„Du hast etwas Wichtiges vergessen", sagte Jed zu seiner Schwester.

„Oh?", erwiderte sie. Spur tätschelte den Rücken des Babys und Lane schnitt Grimassen für die Kleine.

„Eve fragt sich, warum sich diese zwei solche Freiheiten bei unserer kleinen Schwester rausnehmen."

Woher wusste er das? Ich errötete, da ich, auch wenn ich die Antwort wissen wollte, es *niemals* so ausgesprochen hätte.

Piper sah unbekümmert zu mir. „Meine Brüder haben dir nicht von dem neuen Gesetz in Slate Springs erzählt", stellte sie fest.

Ich schüttelte langsam den Kopf und versuchte, das Geplänkel der Geschwister zu verstehen, das auf eine Nähe hindeutete, die ich mit Marina und Tara nie gehabt hatte.

Sie veränderte ihre Position so, dass sie direkt vor den zwei Männern stand und fuhr fort: „Spur und Lane sind meine Ehemänner."

Mein Mund klappte wieder auf. Ich konnte nicht anders. Ehemänner? Ich sah zu Spur, dann Lane, dann Piper, dann zurück zu Jed und Knox.

Ich machte auf der Hacke kehrt und begann mit hoch erhobenem Kinn schnell die Straße hinunter zu laufen. Ich versuchte, meine Hände nicht zu Fäusten zu ballen, um meinen Ärger zu verbergen, aber es war unmöglich.

„Warte!", rief Jed. Oder war es Knox? Ich wusste es nicht, es war mir auch egal. Ich lief einfach weiter. Mein Kleid und Mantel verhedderten sich um meine Beine und aus irgendeinem Grund war ich außer Atem.

Jed rannte an mir vorbei und hielt vor mir an, um mir den Weg zu blockieren.

„Lass mich in Ruhe", sagte ich und sah an ihm vorbei zu den Häusern, die weiter unten die Straße säumten. Mein Atem kam keuchend und ich wollte mich vornüberbeugen, meine Hände auf die Schenkel legen und mir einen Moment gönnen, aber ich konnte nicht. Nicht jetzt. Nicht wenn Jed vor mir stand.

Eine verruchte Frau

„Sie sind verärgert."

Verärgert? Sie machten sich über mich lustig. Natürlich war ich verärgert. Aber anstatt ihm das zu erzählen, schürzte ich meine Lippen, schob meine Brille nach oben und hob dann meinen Kopf, um in seine hellen Augen zu blicken. „Danke, Mr. Dare, für Ihre freundliche Begleitung nach Slate Springs, aber ich mag es nicht, wenn man mich zum Narren hält."

4
———

ve

ER STEMMTE SEINE HÄNDE IN DIE HÜFTEN. ICH HÖRTE Schritte hinter mir, *spürte*, dass sich Knox zu uns gesellte.

„Zum Narren halten? Was haben wir getan?" Er wirkte wirklich perplex.

„Zu Hause in Clancy hat man sich über mich lustig gemacht und mich verspottet. Meine Schwestern genossen es, Scherze auf meine Kosten zu machen. Ich brauche das hier nicht auch noch. Auch wenn es von Ihrer Schwester ausging, waren Sie eindeutig alle daran beteiligt."

Knox trat um mich herum und stellte sich neben seinen Bruder.

„Du denkst, dass Piper bezüglich Spur und Lane einen Witz gemacht hat", sagte er, wobei er mich zum ersten Mal duzte.

Ich wollte meine Augen verdrehen, aber weigerte mich, mich zu einem solch kindischen Verhalten hinreißen zu

Eine verruchte Frau

lassen. Stattdessen drückte ich meinen Rücken durch und schob meine Brille wieder nach oben.

„Auch wenn ich die kürzest mögliche Ehe geführt haben mag, bin ich mir des Brauches mehr als bewusst. Obwohl ich eine einfach, mollige Lehrerin bin, bin ich keine Idiotin."

Jeds Gesichtsausdruck wechselte von verwirrt zu verärgert. „Ich mag es nicht, wenn du auf solche Weise von dir sprichst."

„Du bist weder einfach noch mollig", fügte Knox hinzu.

Ich verzog meine Augen zu Schlitzen. „Von allem, was ich gerade gesagt habe, macht ihr *dazu* einen Kommentar?"

„Ich werde nicht zulassen, dass du dich selbst schlecht machst."

„Ich finde dich ziemlich hübsch und wunderbar kurvig", ergänzte Knox.

Ich wusste nicht, was ich darauf antworten sollte. Ich hatte noch nie zuvor ein solches Kompliment erhalten. Also schnaubte ich. „Oh bitte, ich bin ein Blaustrumpf und ich trage eine Brille. Ich kenne die Wahrheit."

„Die Wahrheit ist, dass du bald über mein Knie gelegt wirst, wenn du so weiter machst."

Jeds Worte waren leise und ein Versprechen schwang in ihnen mit. Ein Versprechen, mir den Hintern zu versohlen. Ich erinnerte mich daran, wie Lane am helllichten Tag Piper auf den Po gehauen hatte, was meine Gedanken zurück zu dem Grund führte, warum ich überhaupt wütend war.

„Lass mich vorbei."

„Nein."

„Nein."

„Dann macht euch nicht über mich lustig und erzählt mir die Wahrheit."

„Der Stadtrat von Slate Springs hat vor über einem Jahr ein Gesetz verabschiedet, nach dem es legal ist, dass zwei

Männer eine Frau heiraten", erklärte Jed. „Deswegen ist Piper mit Spur und Lane verheiratet."

„Stadtgesetz?", fragte ich.

Beide Männer nickten. „Der Bürgermeister, Luke Tate, teilt sich eine Frau mit seinem Bruder Walker. Du kannst sie und Celia bald kennenlernen, aber fürs Erste rede einfach mit Piper."

Sie schienen ihre Worte ernst zu meinen. Waren sie wirklich wahr? Gab es wirklich ein Stadtgesetz, das einer Frau erlaubte, zwei Ehemänner zu haben? Nach der Haarfarbe des Kindes zu schließen, war es Pipers Kind, aber von welchem Ehemann? Oh, Gott, schlief…schlief sie mit zwei Männern? Zwei Männer! Wie funktionierte das überhaupt? Wechselten sie sich mit ihren Zuwendungen ab? Mochte sie einen mehr als den anderen? Montag Spur, Dienstag Lane und so weiter?

„Von einem intellektuellen Standpunkt betrachtet", merkte Knox an, „solltest du mit Piper reden, um deine Neugier zu befriedigen. Wenn du danach immer noch gehen möchtest, werden wir dich zum Gästehaus bringen."

Ich musterte ihn scharf. „Der letzte Teil ist eine Lüge."

Seine Lippen hoben sich. „Du hast recht. Ich habe über das Letzte gelogen. Du wirst mit Piper reden und bei ihr und ihrer Familie bleiben. Ich will, dass du in Sicherheit bist."

„Warum wäre ich in dem Gästehaus nicht in Sicherheit? Ist es hier gefährlich?"

Die Stadt war klein und lag in einer wunderschönen Gegend. Zerklüfte, schneebedeckte Berggipfel umgaben das Tal, in dem die Stadt lag. Das Gras war unfassbar grün, Wildblumen sprenkelten die Landschaft. Ich konnte mir nicht vorstellen, dass die Leute, die hier lebten, rücksichtslose Mörder waren.

„Nein, aber wir werden sicherstellen, dass du beschützt

wirst", fügte Jed hinzu. "Dürfen wir dich jetzt zurück zu Piper begleiten?"

Ich sah zwischen den zweien hin und her. Arbeiteten Piper, Lane, Spur, Jed und Knox zusammen, um mich zu veräppeln? Es schien unrealistisch zu sein, dass sie sich verbündeten und sich eine solche Geschichte für die nächste neue Person ausdachten, die die Stadt betrat. Es schien unwahrscheinlich, aber andererseits hatten mich Tara und Marina als Versandbraut gemeldet, Lügen über mich verbreitet und mir eine Zugfahrkarte gekauft, nur zum Spaß.

Aber diese Männer waren nicht Tara oder Marina und ich war nicht länger in Clancy.

"Na schön."

Jed legte seine Finger auf meinen Ellbogen und führte mich die Straße zurück, wo Piper und ihre zwei Ehemänner – wirklich? – warteten.

Der blonde Mann, Lane, sagte: "Piper hat mir erzählt, dass du Melvin Thomkins' Versandbraut bist. Mein herzliches Beileid für deinen Verlust."

Ich sah weg und murmelte ein Dankeschön.

"Es tut mir leid, wenn ich etwas gesagt habe, dass dir missfallen hat. Mir wurde schon oft gesagt, dass ich mich damenhafter verhalten sollte, aber ich fürchte, das ist unmöglich." Piper trat nach vorne und tätschelte meinen Arm. "Du musst nach deiner Reise hungrig sein. Und müde." Sie musterte mich so aufmerksam wie ich sie. "Und du hast Fragen. Ich sollte meine Brüder erschießen, weil sie dich nicht vorbereitet haben."

Sie kniff ihre Augen zusammen und warf ihren Brüdern einen Blick zu, den ich als den Blick erkannte, den ich ungehorsamen Schülern zuwerfen sollte.

Aus meinem Augenwinkel konnte ich sehen, dass Jed seine Hände vor sich hochhielt. "Es ist besser, wenn sie es von dir hört als von uns. Ich wollte, dass sie in Sicherheit ist.

In Slate Springs. Wenn einer von uns es ihr erzählt hätte, wäre sie zurück nach Denver gerannt."

„Es sah aus, als wäre sie noch vor einer Minute auf eben diesem Weg gewesen", argumentierte Piper.

Das Baby machte quengelnde Laute und Spur tätschelte ihr den Rücken.

„Gib mir meine Nichte", sagte Knox, trat zu Spur und nahm ihm das Baby geschickt ab. Spur schien es nicht zu stören und er lächelte seiner kleinen Tochter zu. Warte. War es sein Baby? Oder Lanes?

Knox legte sie an seine Schulter und sie starrte mich mit großen blauen Augen an. Sie war winzig in seinem Griff. Mein Herz machte einen Satz, als ich sah, wie seine große Hand ihren Rücken streichelte, als ich ihm zuhörte, wie er ihr etwas vorsummte und das Lächeln sah, das sich auf seinem Gesicht ausbreitete. Ich wollte ein Baby. Ich wollte einen Mann, der mein Baby mit solcher Zärtlichkeit halten würde, sogar mit seinen großen, rauen Händen.

Das würde allerdings nicht passieren, da Melvin tot war, weshalb ich meinen Kopf schüttelte und diese Möglichkeit aus meinen Gedanken verdrängte.

„Lass uns in die Küche gehen", meinte Piper, packte meinen Arm und zog mich die Stufen hoch. Ich stolperte in der Eile fast über eine. „Die vier werden sowieso nur darum streiten, wer Lillian halten darf, bis sie Hunger hat und keine Sorge, sie hat kräftige Lungen und wir werden wissen, wenn es so weit ist. Die ganze Stadt wird das wissen." Sie zog mich ins Haus und zur Küche.

Das Haus war nicht übermäßig groß, aber gut geschnitten. Die Küche lag im hinteren Bereich. Das Fenster über dem Waschbecken sah zum Fuß der Berge, wo saftiges grünes Gras und knorrige Büsche mit Steinen und scharfkantigen Felsen verschmolzen.

„Setz dich. Frag." Piper war direkt und ich mochte das.

Ich glättete mein Kleid, wo sie es gepackt hatte, richtete meine Brille und tat dann, mit meinen Händen im Schoß gefaltet, worum sie mich gebeten hatte. Sie setzte sich mir gegenüber und wartete.

„Zwei Ehemänner?", fragte ich. Das war nicht die höflichste Frage, mit der ich hätte anfangen können. Ich hätte erst nach dem Baby oder dem Wetter oder etwas über die Stadt fragen sollen.

Sie lächelte. „Ich denke, ich werde dich mögen."

Ich war mir nicht sicher, was ich gesagt hatte, damit sie so empfand, aber ich war dennoch erfreut darüber.

Sie seufzte, als sie hörte, wie einer der Männer dümmliche Geräusche für das Baby machte. „Reduziert zu babbelnden Idioten. Sie werden den Verstand verlieren, wenn sie alt genug ist, dass ihr der Hof gemacht wird."

Das konnte ich mir nur allzu gut vorstellen.

„Zwei Ehemänner. Ja. Da die Stadt klein ist, im Winter von der Welt abgeschnitten, voller Bergarbeiter und nicht voller Frauen, hat der Stadtrat ein Gesetz verabschiedet, dass zwei Männern erlaubt, die gleiche Frau zu heiraten."

„Alles klar hier drinnen?" Jed steckte seinen Kopf durch den Türrahmen und sah zu mir. Es waren keine zwei Minuten vergangen, seit ich ihn auf der Veranda zurückgelassen hatte.

„Ich bin nicht durch die Hintertür geflohen."

„Geh weg", verlangte Piper und scheuchte ihn mit ihrer Hand fort.

Er blickte finster drein, dann trat er in den Raum. „Deine *Ehemänner* haben mich gebeten, Kaffee zu holen. Sie sind so vernarrt in Lillian und zu abgelenkt von ihr, um Gastgeber zu spielen." Er ging zum Herd und schnappte sich die Kaffeekanne. Ich starrte schweigend auf seinen Rücken, die breiten Schultern.

„Sorry. Ich hätte euch welchen anbieten sollen", erwiderte

sie, wobei sie kein bisschen schuldbewusst wirkte, weil sie ihrem Bruder keine Erfrischung angeboten hatte.

Er zuckte leicht mit den Achseln, aber fuhr mit seiner Aufgabe fort. Allerdings konnte ich nicht sehen, was er machte. „Du bist mit Eve beschäftigt. Mach weiter."

„Du willst lauschen", konterte Piper.

Er drehte sich um und brachte mir eine Tasse dampfenden Kaffee, stellte sie vor mir auf den Tisch. Ich bedankte mich bei ihm, als er sich wieder umdrehte, um eine weitere Tasse für Piper zu holen. Als er sie ihr reichen wollte, lehnte sie ab. Eine weitere Tasse holend, nickte er mir zu, dann ging er zurück zu den anderen Männern.

„Er mag dich", murmelte Piper. Sie wackelte mit den Augenbrauen und ich runzelte die Stirn.

Ich versteifte meine Wirbelsäule und trank einen Schluck von meinem Kaffee. „Er mag mich?" Ich sah hinab auf meine Tasse. Der Kaffee war sehr bitter.

„Ja. Er *mag* dich", entgegnete sie, womit sie mich von meinem Getränk ablenkte.

„Ich bin die Witwe eines Mannes, den ich nie kennengelernt habe. Jed kann mich nicht mögen." Ich mochte ihn irgendwie, aber das würde ich ihr nicht verraten. Das war sowieso eine dämliche Empfindung. Ich trank einen weiteren Schluck und seltsamerweise wärmte mich der Kaffee überall.

Piper zuckte die Schultern. „Ich habe noch nie erlebt, dass sich Jed so verhalten hat."

Knox trat in die Küche. An seiner Schulter befand sich kein Baby, weshalb ich davon ausging, dass sie von einem anderen beansprucht worden war. „Lillian hat ein wenig gespuckt und wir brauchen ein Geschirrtuch." Er sah sich um, dann schnappte er sich eines vom Tisch. Anstatt in den anderen Raum zurückzukehren, hielt er inne und sah zu mir. „Alles klar?"

Ich biss auf meine Lippe, um das Lächeln zurückzuhalten und nickte kurz.

„Geh…weg", sagte Piper, wobei sie deutlich jedes einzelne Wort betonte.

Knox grunzte, dann verschwand er.

Piper lächelte breit, beugte sich vor und sprach mit leiser, verschwörerischer Stimme: „Er mag dich auch."

„Was?" Meine Wangen brannten heiß und ich versuchte, das mit einem Schluck Kaffee zu verstecken. „Alle *beide*? Unmöglich."

Sie nickte. „Nicht unmöglich. Nicht hier."

„Es war noch nie auch nur *ein* Mann an mir interessiert."

„Warum nicht?", fragte Piper.

„Schau mich doch an", entgegnete ich, da ich wusste, dass ich langweilig und unattraktiv und mollig war. „Für dich ist das natürlich okay", erwiderte ich diplomatisch. „Ich weiß nicht einmal, was ich mit einem Ehemann tun sollte, ganz zu schweigen von zweien."

Sie lächelte strahlend, dann verblasste es. „Ich denke nicht wirklich gerne auf diese Weise über meine Brüder nach, aber ich kann dir versichern, dass sie wissen, was zu tun ist."

Ich spürte, wie ich errötete und schob meine Brille hoch, obwohl es nicht nötig gewesen wäre.

„Du scheinst nicht allzu aufgewühlt darüber, dass dein Ehemann gestorben ist." Sie musste meinen besorgten Gesichtsausdruck gesehen haben, denn sie fuhr fort: „Es ist eine sehr unpersönliche Weise zu heiraten. Ich weiß es. Ich habe es auch getan, weißt du? Ich verurteile dich nicht dafür, dass du nicht viel für einen Mann empfindest, den du nie kennengelernt hast. Ich hatte fünf ältere Brüder, die meine Verehrer verjagt haben. Du kennst zwei von ihnen. Die anderen drei sind in Kansas. Ich bin weggerannt und wurde Versandbraut, als die *echte* Braut starb. Ich habe ihren Platz eingenommen. Diese Männer da drinnen?" Sie deutete zur

Vorderseite des Hauses. „Spur und Lane hätten eigentlich eine andere heiraten sollen."

„Oh, meine Güte." Das war eine pikante Geschichte und ich wusste nicht, was ich sonst sagen sollte. Es war ziemlich warm in der Küche, weshalb ich aufstand, meinen Mantel auszog und ihn, anstatt ihn ordentlich zu falten, über die Stuhllehne warf. Ich setzte mich wieder, dieses Mal auf nicht ganz so damenhafte Weise.

Piper beugte sich nach vorne, sah mir direkt in die Augen und fragte: „Wie lautet deine Geschichte?"

Ich war niemand, der Geschichten erzählte, nicht einmal die wahren, aber Piper schien ernsthaft interessiert zu sein und ich fühlte mich entspannter als jemals zuvor. Ich trank einen weiteren Schluck Kaffee. „Die kurze Version? Meine Stiefschwestern haben eine Lüge über mich verbreitet, in der sie mich beschuldigten, den Gärtner verführt zu haben. Sie haben mich als Versandbraut angemeldet und mir eine Zugfahrkarte gekauft, damit ich die Stadt verlasse. Und das alles nur zu ihrer Belustigung."

Pipers Kinnlade klappte herunter. Sie starrte mich für eine Minute an, ohne einen Mucks von sich zu geben. „Und die lange Version?"

Ich trank noch etwas Kaffee, dann erzählte ich ihr jedes schmutzige – oder nicht so schmutzige – Detail.

5
———

ed

„ÜBER WAS ZUR HÖLLE REDEN DIE NUR DORT DRINNEN?", fragte Knox mit gesenkter Stimme. Wir hatten Piper einmal lachen hören, aber seitdem nichts mehr.

Wir befanden uns im Wohnzimmer, während die Frauen miteinander plauderten. Auch wenn wir uns anständiger hätten benehmen sollen in Anbetracht der Tatsache, dass wir Gäste waren – Eve würde wahrscheinlich am Rand ihres Stuhls sitzen, die Knöchel verschränkt, die Hände im Schoß gefaltet und ihre Wirbelsäule so gerade wie ein verdammter Pfeil – so verhielt ich mich nicht wie ein Gentleman und hatte meine Beine lang vor mir ausgestreckt. Knox war so weit auf seinem Stuhl nach unten gerutscht, dass sein Kopf auf der Stuhllehne ruhte. Das Baby war an Lanes Schulter eingeschlafen.

„Frauengespräche sind ein Mysterium und ich habe

aufgegeben, sie verstehen zu wollen", meinte Lane, während er seiner Tochter sanft über den Rücken streichelte, obwohl sie nicht so schnell aufwachen würde.

„Ich bin Arzt und ich habe trotzdem keine Ahnung", fügte Spur hinzu.

„Die Frau ist angespannt wie ein Flitzebogen", meinte Knox.

Wir wussten alle, dass er von Eve sprach. Piper – unsere Schwester und ihre Frau – neigte auf keinen Fall zu Nervosität. Ich hätte seiner Beobachtung nicht mehr zustimmen können. Sie brauchte jemanden, der ihr erlaubte, sich zu entspannen, der ihr einen sicheren Hafen bot, um ihre Bürden zu teilen. Damit sie frei atmen konnte.

„Nicht mehr lange", informierte ich ihn.

Knox runzelte die Stirn, dann beugte er sich nach vorne, sodass seine Unterarme auf seinen Knien ruhten und musterte mich aufmerksam. Wir waren nicht nur Brüder, sondern auch beste Freunde. Er konnte mich lesen wie ein offenes Buch. „Was hast du getan?"

Ich schenkte ihm ein kleines Lächeln. „Etwas Whiskey in ihren Kaffee gekippt." Als mich die drei einfach nur mit großen Augen anstarrten, fügte ich hinzu: „Was? Sie braucht eine Runde wilden, heißen Sex." Ich zuckte mit den Schultern. „Ein paar Orgasmen würden ihre Wirbelsäule garantiert lockern. Aber Alkohol sollte auch helfen."

Ich rutschte auf meinem Platz herum, da mein Schwanz hart wurde bei der Vorstellung, all die wilden Haare zu befreien, sie nackt auszuziehen und gegen eine Wand zu drücken. Zur Hölle, mein Schoß wäre auch in Ordnung. Dann könnte ich beobachten, wie ihre Brüste hüpften, während sie meinen Schwanz ritt. Sie wäre dann wild, ihre Gedanken allein darauf konzentriert, dass ihre Pussy gefüllt wurde und sie würde an nichts anderes denken.

„Fuck." Mein Schwanz ließ mich keinen klaren Gedanken

Eine verruchte Frau

fassen. „Da das nicht passieren wird, bis ich ihr einen Ring anstecke, wollte ich, dass sie sich entspannt."

Knox deutete zur Küche. „Diese Frau? Sie gehört mir."

Ich schüttelte langsam den Kopf und sah Knox aus schmalen Augen an. „Nein, das tut sie nicht."

„Sie – "

„Sie gehört keinem von euch", sagte Spur, womit er Knox' Antwort abschnitt und das Offensichtliche feststellte. „Was *wisst* ihr über sie?"

„Sie ist unfassbar schlau, liest Bücher", erzählte Knox Spur, aber hielt seine Augen auf mich gerichtet. Machte er sich Sorgen, ich würde in die Küche rennen, Eve über meine Schulter werfen und wegtragen? Wahrscheinlich.

„Erzähl uns etwas, das wir nicht bereits wissen", konterte Lane.

„Sie hat erwähnt, dass sie Lehrerin ist", fügte Knox hinzu.

Ich nickte, da ich mich daran erinnerte, dass sie das beiläufig erwähnt hatte. „Ja. Und als sie dachte, wir würden sie bezüglich eurer Ehe mit Piper verarschen, hat sie erwähnt, dass sie zu Hause geärgert wurde. Ich weiß nicht, ob sie Brüder hat wie Piper, die sie geneckt haben, aber sie war sehr verärgert. Sogar wütend." Ich zuckte mit den Achseln. „Ich hoffe, dass ein wenig Whiskey dabei helfen wird, damit sie es erzählt."

„Du versuchst, sie betrunken zu machen? Das ist ganz schön erbärmlich, sogar für dich", entgegnete Knox. „Und du willst sie als Ehefrau? *Ich* muss keine Frau betrunken machen, damit sie meine Frau wird."

„Dämlicher Arsch", erwiderte ich, wobei meine Stimme lauter wurde. „Ich versuche nicht, sie dazu zu zwingen, mich zu heiraten. Sie kennt hier niemanden. Vertraut niemandem. Sie befindet sich in einer fremden Stadt. Allein. Vielleicht würde es die Sache für sie erleichtern, wenn die harten Kanten des Lebens ein wenig runder werden würden."

Das Baby regte sich und gab einen quengeligen Laut von sich.

„Ihr weckt das Baby auf und Piper wird euch umbringen, wofür sie nicht einmal ihre Pistole brauchen wird", beschwor uns Spur.

Ich schüttelte den Kopf, aber befolgte den Rat des Mannes. Meine Schwester würde es tun. „Nicht betrunken", fuhr ich fort, während meine Stimme kaum mehr als ein Flüstern war. „Sie wird sich einfach wohler fühlen." Ich durchschnitt die Luft mit meiner Hand. „Ihr müsst zugeben, dass sie einen schrecklichen Schlag erlitten hat. Sie hat genug Mut aufgebracht, um Versandbraut zu werden, nur um dann den ganzen Weg nach Slate Springs zu reisen und herauszufinden, dass ihr Ehemann tot ist. Das macht sie nur noch reizbarer."

„Ja, das wäre schon schlimm genug, aber dann lernt sie noch eine Frau kennen, die zwei Ehemänner hat, was nirgendwo anders alltäglich ist. Natürlich wird sie zu kämpfen haben. Schon bald wird Thomkins hier sein und die Dinge noch verschlimmern", meinte Spur, dann zuckte er mit den Schultern. „Vielleicht könnte ein wenig flüssiger Mut wirklich nicht schaden."

„Du nutzt ja auch gelegentlich Alkohol aus medizinischen Gründen", gab ich zu bedenken.

Spur nickte. „Das tue ich."

„Das ist eine von diesen Gelegenheiten", erwiderte ich. „Wie du gesagt hast, wird Thomkins kommen. Aber er wird nicht in ihre Nähe kommen." Auf keinen verdammten Fall.

„Verdammt richtig", stimmte Knox zu.

„Ich gebe ihm eine Stunde", fügte Lane hinzu.

„Fünfzehn Minuten", konterte Knox.

„Sie ist eine reiche Frau. Er wird ihr Geld wollen und der einzige Weg, es in der Familie zu behalten, ist, dass sie Curtis heiratet", sagte ich. Die Vorstellung gefiel mir überhaupt nicht. Nein, den einzigen Mann, den sie heiraten und mit dem sie schlafen würde, war ich.

„Wo ist der Whiskey?", grummelte Knox, wahrscheinlich wollte er selbst ein Gläschen trinken.

Es klopfte an der Eingangstür und ich sah zu Spur und Lane. Es war ihr Haus.

„Sieht so aus, als hätte ich die Wette gewonnen", meinte Knox zu Lane.

Spur erhob sich und ging zur Tür, öffnete sie. „Thomkins. Curtis. Schön euch zu sehen."

Er trat nicht zurück, um die Männer eintreten zu lassen und ich war mir sicher, sie bemerkten das.

„Mir wurde berichtet, dass Mrs. Thomkins hier ist."

Ich erkannte Thomkins' nervige Stimme.

„Deine Frau befindet sich, wie ich doch annehme, in deinem Haus", antwortete Spur.

Ich konnte das Grinsen nicht unterdrücken, da ich wusste, dass er den Mann absichtlich reizte.

„Nicht Agnes", entgegnete Thomkins in scharfem Tonfall. Er mochte Spurs Humor eindeutig nicht. „Melvins Frau."

„Ja, sie ist hier."

„Ich will sie sehen. Sie gehört zur Familie."

Es gab vier von uns, die Eve beschützen wollten, weshalb ich nicht allzu besorgt war, dass Thomkins sie einfach mit sich schleifen würde. Curtis war wie ein Schoßhund, war willensschwach und tat, was auch immer sein Bruder von ihm verlangte. Ich fragte mich allerdings, ob er wirklich eine Frau heiraten würde, nur weil es ihm sein Bruder befahl.

Eve war jedoch nicht willensschwach. Nein, sie war viel zu höflich für ihr eigenes Wohl und ich musste hoffen, dass sie unter dem verbalen Druck, dem der Mann sie aussetzen würde, nicht einknicken würde. Ich zweifelte nicht daran, dass er davor zurückschrecken würde, Schuldgefühle zu nutzen, damit sie mit ihm kam.

Lane ging in die Küche, um die Frauen zu holen und sie liefen hinter ihm durch den Flur. An irgendeinem Punkt musste Eve ihren kleinen Hut abgelegt haben und ihre Haare, die sich zwar immer noch in einem Knoten in ihrem Nacken befanden, hatten sich teilweise gelockert, sodass einzelne Strähnen ihre Wange und ihren langen Hals streiften. Ich wusste, dass ich nur einmal mit den Fingern an den Nadeln ziehen müsste und die gesamte wilde Masse würde sich über ihren Rücken ergießen.

Scheiße. Jetzt war nicht der Zeitpunkt, um darüber nachzudenken, wie sie nackt aussähe.

Alle wurden einander vorgestellt.

„Es war sehr freundlich von Dr. Drews und Mr. Haskins, Sie nach Ihrer Ankunft zu unterhalten, aber Sie sollten mit mir kommen", verkündete Thomkins, während seine Augen über Eve wanderten. Nicht auf sexuelle Weise, sondern für eine eingehende Musterung. Das bewahrte den Mann davor, ins Gesicht geschlagen zu werden. „Agnes, meine Ehefrau, freut sich bereits darauf, Sie kennenzulernen."

Obwohl der Mann ordentlich gekleidet war, sorgten seine hellen Haare und die teigige Haut dafür, dass er wächsern aussah. Irgendwie schwitzte er sogar bei kühlerem Wetter, wie in eben diesem Moment. Seine Stirn glänzte und es juckte mich in den Fingern, ihm ein Taschentuch zuzuwerfen.

„Mir geht es hier gut, vielen Dank." Eves Wangen waren gerötet und obwohl sie stocksteif dastand, wirkte sie...sanfter.

„Ich möchte Sie besser kennen lernen", sagte Curtis. Er war der Jüngste und Attraktivste der drei Brüder. Er hatte dunkle Haare, die er nach hinten frisiert hatte, einen Schnurr- und Kinnbart. Er war dreißig Zentimeter größer als sein ältester Bruder. Im Vergleich zu ihm wirkte Thomkins wie eine Albinokröte. Wenn ich eine Frau wäre,

Eine verruchte Frau

wäre Curtis derjenige, der mir zuerst ins Auge fallen würde, auch wenn seine schwache Persönlichkeit einiges zu wünschen übrigließ. Ich musste hoffen, dass Eve nicht nur die attraktive Fassade des Mannes sah.

„Warum?", wollte sie wissen, wobei sie ihren Kopf leicht zur Seite neigte und ihre Brille nach oben schob. Eine lange Locke strich über ihre Schulter.

„Nun", Curtis räusperte sich und sah zu Boden, da er zu willensschwach war, um ihr in die Augen zu schauen, „da Melvin tot ist, dachte ich, dass Sie vielleicht eine Verbindung mit mir in Erwägung ziehen würden."

Zumindest war der Mann ehrlich. Ehrlich bezüglich seiner Gründe, warum er hier aufgetaucht war, ehrlich bezüglich seiner fehlenden Trauer für das Ableben seines Bruders. Ich musste ihm zumindest das zugestehen. Die Thomkins Brüder standen sich nicht nahe. Nicht wie Knox, ich und unsere drei anderen Brüder, die immer noch in Kansas lebten, sowie Piper. Aber hinter Curtis' Interesse verbarg sich Gier, vor allem da er nur das kümmerliche Gehalt eines Lehrers erhielt. Er hatte immer gewollt, wofür Melvin hart gearbeitet hatte und jetzt konnte er es mit einem einfachen „Ja, ich will" erhalten.

„Das ist ziemlich…direkt und ich weiß das zu schätzen", antwortete Eve.

Oh, Scheiße. Fand der Blaustrumpf in ihr Gefallen an dem Akademiker in ihm? War das anziehend für sie? Ich war zwar kein Dummkopf, aber ich war auch nicht belesen.

„Ich sollte zwar traurig über den Tod meines Ehemannes sein, aber ich kannte ihn nicht", fuhr sie fort.

Ich lachte grunzend wegen dem gut platzierten Seitenhieb an die beiden Männer im Türrahmen. Thomkins errötete und Curtis war es immerhin peinlich genug, um wegzuschauen.

„Als Witwe in einer Stadt mit einer großen Population an

Männern nehme ich an, dass ich als begehrte Ware zähle. Ihr promptes Erscheinen bestätigt meine Theorie. Zwei Männer, die mich innerhalb einer Stunde meiner Ankunft in Slate Springs zu heiraten wünschen. Ich fühle mich sehr… geschmeichelt, aber ich muss vorsichtig und wachsam sein und vor denen auf der Hut sein, die nur etwas *von* mir wollen anstatt *mich* selbst."

Ein weiterer direkter Schlag gegen sie und ich warf Knox einen Blick zu, der breit grinste.

„Ich weiß Ihr Interesse zu schätzen, aber meines liegt bereits woanders."

Jedes Auge wandte sich ihr zu.

„Das tut es?", fragte Curtis.

„Das tut es?", fragte ich zur gleichen Zeit wie Knox.

Eve warf Piper einen Blick zu, die ihr zulächelte und nickte.

Scheiße, was hatte unsere Schwester zu Eve gesagt? Wen zur Hölle hatte sie in den vergangenen zwanzig Minuten, in denen sie in der Küche gesessen hatte, kennengelernt, der ihr Interesse geweckt hatte? Wir hätten sie niemals aus den Augen lassen sollen, denn –

„Ja. Ich werde Mr. Dare heiraten."

Ich erstarrte und ich schwöre, mein Herz setzte einen Schlag aus. Knox grinste breiter. Ich ballte meine Fäuste.

Piper bedeckte ihren Mund mit ihrer Hand. Dieses kleine Biest.

Lillian wählte diesen Moment, um aufzuwachen und laut loszuschreien.

Beide Thomkins Männer sahen von mir zu meinem Bruder und ignorierten die Unterbrechung.

„Welchen Mr. Dare?", wollte Curtis wissen, wobei er Lillians Geschrei ignorierte.

Ja, welchen Mr. Dare? Ich hielt den Atem an, während ich auf ihre Antwort wartete.

Eine verruchte Frau

„Beide."

„Beide?", riefen Knox und ich. Unsere kleine Nichte stieß bei unserem lauten Ausbrauch einen Schrei aus. Verdammt, sie hatte große Lungen für jemanden so winzigen. Genau wie ihre Mutter.

Eve wollte uns beide? Ich starrte Knox an und ich wusste, ich zeigte denselben verblüfften Gesichtsausdruck wie er.

Beide? Ich hatte diese Idee gar nicht in Erwägung gezogen. Wie dumm von mir, da wir in einer Stadt wohnten, die es legal erlaubte, zwei Ehemänner zu haben. Aber Eve war keine Hure, die ich mit meinem Bruder teilen und mit ins Bett nehmen würde. Sie war so viel mehr und so war es auch eine Ehe mit zwei Männern.

Das Baby schrie weiterhin. Piper ging zu Lane und nahm Lillian in ihre Arme. Sie lief durch den Flur in die Küche und über die hungrigen Schreie hinweg hörte ich sie etwas darüber murren, dass sie den ganzen Spaß verpasste. Innerhalb von Sekunden verstummte das Baby und ich ging davon aus, dass Piper sie stillte.

„Sie kennen sie erst seit fünf Stunden", meinte Curtis aufgebracht. Er fuchtelte mit dem Arm herum und deutete wild auf mich und Knox.

„Ich kenne *Sie* erst seit fünf Minuten", konterte Eve und sah auf den Mann hinab, obwohl sie über einen Kopf kleiner war als er.

6

ed

CURTIS KEUCHTE UND THOMKINS SAH AUS, ALS OB ER GLEICH einen Schlaganfall erleiden würde.

„Sie haben Sie nur zu einer Ehe überredet, damit sie Ihr Geld in die Finger bekommen", sagte Thomkins, während er mich, dann Knox beinahe hasserfüllt musterte. Das störte mich überhaupt nicht. Ich kannte niemanden, den er tatsächlich mochte. „Eine Frau wie Sie heiratet die beiden?"

Ich war mir nicht sicher, ob er damit Eve oder uns verspottete.

Eve lief zu mir, stellte sich auf die Zehenspitzen, schlang ihre Hand um meinen Hals und zog. Ich hätte ihr Widerstand leisten können, denn ich war viel stärker, aber ich war zu überrascht, um irgendetwas anderes zu tun, als mich nach unten zu beugen. Dann war ich sehr erfreut, als sie mich küsste. Es war nur ein keuscher, kurzer Kuss, aber

Eine verruchte Frau

ihre Lippen waren weich und drängend, ihre Hand in meinem Nacken weich, dennoch bestimmt. Sie schmeckte nach Kaffee und ich konnte auch einen Hauch Whiskey schmecken. Der Alkohol hatte auf Arten gewirkt, die ich mir nicht vorgestellt hatte. Heilige Scheiße, *sie* küsste *mich*.

Ich hörte Knox knurren.

Nachdem sie mich freigegeben hatte, sah sie mir in die Augen. Ihre waren vor Überraschung und einer Spur Erregung groß geworden. Ihre Lippen waren rot und feucht. War das ihr erster Kuss gewesen? Nach einem Moment fiel ihr wieder ein, was sie vorhatte, sie wirbelte herum und zog Knox für einen Kuss zu sich. Ich hätte ihm das Gesicht einschlagen sollen, weil er einen Kuss von ihr bekam, aber ich tat es nicht. Überraschenderweise gefiel es mir, zu sehen, dass sie bei Knox ebenfalls Zuneigung suchte. Sie wollte uns beide oder zumindest hatte sie Curtis das erzählt. Worte waren eine Sache, uns beide zu küssen, war etwas ganz anderes.

Als sie mit uns beiden fertig war, wandte sie sich an Lane und Spur. Ihre Wangen waren gerötet und ihre Augen leicht glasig. Für einen Moment dachte ich, sie würde sie ebenfalls küssen, dass der Alkohol ein wenig zu stark gewesen war, aber sie stemmte lediglich die Hände in die Hüften. „Ihr wart Zeugen meines verruchten Verhaltens, Gentlemen. Ich nehme an, ihr werdet die Geschichte meiner Handlungen in der ganzen Stadt verbreiten."

Was?

Lane und Spur starrten sie an, als wäre ihr ein zweiter Kopf gewachsen, dann lächelten beide langsam.

Spur warf Lane einen Blick zu. „Ich liebe es gute Gerüchte zu verbreiten." Das war eine glatte Lüge. Ein Doktor, der Gerüchte und Klatsch und Tratsch verbreitete? Er würde seinen Job verlieren. „In weniger als einer Stunde wird jeder von deinen Taten wissen. Dass du dich den beiden Dares an den Hals geworfen hast."

Knox starrte Eve mit geöffnetem Mund an. Ich rieb mir mit der Hand über den Nacken. An den Hals geworfen? Zur Hölle, sie könnte das jederzeit wieder tun, wenn sie wollte. Eine kühne kleine Femme Fatale versteckte sich in diesem züchtigen Kleid und Brille. Gott, ich liebte kluge Frauen und wollte herausfinden, was ihr außer Küssen sonst noch gefiel.

„Absolut", bestätigte Lane.

„Was zur Hölle geht hier vor sich?", schrie Thomkins.

Eve wandte sich den Brüdern im Türrahmen zu und zuckte mit den Achseln. „Ich habe sie verdorben und die ganze Stadt wird es wissen. Glauben Sie mir, in Clancy bin ich für das gleiche Verhalten bekannt. Ich werde die Dares jetzt heiraten müssen."

Ich war mir nicht sicher, worüber sie sprach. Sie hatte sich dort, wo sie herkam, Männern an den Hals geworfen? Ich würde die Wahrheit noch erfahren, aber nicht jetzt, nicht vor allen anderen. Es stand außer Frage, dass sie unschuldig war. Dieser Kuss war weit davon entfernt gewesen, sexuell zu sein, auch wenn sie eifrig gewesen war.

Da übernahm Spur die Situation und scheuchte beide Männer von seiner Veranda, wobei jede Menge Ärger und Flüche durch die Sommerluft wehten, während sie gezwungenermaßen gingen.

Ich starrte Eve einfach nur an, verblüfft von ihrer Fähigkeit nicht nur mit den Thomkins' Brüdern umgehen zu können, sondern offensichtlich auch mit den Dare Jungs. Wir waren ihr auf Gedeih und Verderb ausgeliefert. Knox und ich hatten sie beide gewollt, aber so etwas hatten wir nicht erwartet.

„Danke für den Whiskey", murmelte Eve und warf mir einen Blick zu. „Ich habe bemerkt, dass ich ihn sehr gerne mag."

Lane lachte laut darüber und schlug mir auf die Schulter.

Ich spürte, wie meine Wangen heiß wurden, weil ich erwischt worden war. „Was das Heiraten angeht", begann ich.

Auch wenn ich sie heiraten wollte und es gemeinsam mit Knox zu tun, gar keine so schlechte Idee war, würde ich sie nicht dazu zwingen, nur weil die Thomkins sie dazu getrieben hatten.

„Ja?" Sie sah zu mir, dann zu Knox, wobei sie ihre Brille nach oben schob. Ihre Wangen waren gerötet, aber ihre grünen Augen waren klar. Sie mochte ein wenig beschwipst sein, aber sie verfügte noch über ihre vollständige Denkfähigkeit. Ich hatte sie mir nicht gefügig machen wollen, indem ich ihr den Alkohol gegeben hatte. Das war nicht meine Absicht gewesen. Mein Plan, dass sie ihre wahren Gefühle zeigte, hatte allerdings funktioniert, auch wenn ich keine Ahnung gehabt hatte, dass das bedeutete, dass sie mich und Knox heiraten wollte.

Sie war den Thomkins Männern gewitzt und intelligent gegenüber getreten, hatte ihnen Rede und Antwort gestanden und dabei dennoch eine kühle Reserviertheit gezeigt, die es ermöglicht hatte, dass sie deren ernste Absichten ablehnte.

Ich schaute zu Knox. Der Blick, den er mir zuwarf, sprach Bände. *Lass sie nicht davonkommen.* Egal, was ich als nächstes sagen würde, ich wusste, keiner von uns würde es aufgrund übermäßiger Leidenschaft bereuen.

„Ich konnte sehen, dass es dir gefallen hat, Knox und mich zu küssen." Eves Wangen nahmen einen hübschen Rotton an. „Das ist eine gute Grundlage für unsere Ehe, da ich dich küssen möchte…noch öfter." Ich trat hinter sie und legte meine Hände auf ihre Taille. Sie erschauderte in meinem Griff. Knox hatte ihr von der Kutsche geholfen, aber ich berührte zum ersten Mal ihren Körper. Sie hatte ihre Hand auf meinen Ellbogen gelegt, damit ich sie führen hatte können, aber das zählte nicht. Sogar durch ihr Kleid war sie warm, ihr Körper weich und üppig. Ich konnte ihre Knochen fühlen, dennoch waren sie gut gepolstert. Genau richtig.

Zwischen mir und Knox war sie klein, aber nicht zierlich. Zerbrechlich. Ich wusste, wenn sie uns erst einmal vertraute, wenn sie sich bei uns wohlfühlte, dann würde sie leidenschaftlich sein. Wild. In der Lage, gutes, hartes Ficken auszuhalten. Sie mochte es zwar nicht wissen, aber sie brauchte es und es würde ihr gefallen. Zur Hölle, sie würde es lieben.

„Ich will dich auch öfter küssen", fügte Knox hinzu und ich hatte ganz vergessen, was ich zuvor gesagt hatte. Mein Schwanz dachte jetzt für mich. Das war nicht gut…noch nicht. Ich musste sie zuerst vor einen Pfarrer bringen.

„Oh, ich…ähm – "

„Wir werden mal nachsehen, wie es Piper mit Lillian geht", murmelte Spur und ich drehte meinen Kopf nicht, um zu sehen, wie sie den Eingangsbereich verließen, aber ihre Schritte deuteten darauf hin, dass sie in die Küche gegangen waren.

Eve versuchte, von uns wegzutreten, aber keiner von uns erlaubte es ihr. Ich behielt meine Hände – äußerst gerne – auf ihrer Taille und Knox trat nicht zurück.

„Ich…ich meinte nicht…ich habe nur – "

„Wir möchten dich aber heiraten, Süße", sagte Knox. Die Verwendung eines Kosenamens war neu für ihn, aber es war auch neu, dass wir eine Frau fanden, die wir beide genug wollten, um sie zu heiraten.

Sie hatte auf die Knöpfe an seinem Hemd gestarrt, aber neigte jetzt ihren Kopf nach hinten, um ihm ihn die Augen zu sehen. Dabei schlug ihr Hinterkopf gegen meine Brust und sie zuckte zusammen.

„Das wollt ihr?" Sie klang verblüfft und obwohl ich nur

ihr Profil sehen konnte, sah ich doch, dass ihre Stirn deutlich gerunzelt war, als ob sie verwirrt wäre.

Knox nickte. „Natürlich."

„Aber...aber warum?"

Warum? Warum würden wir das nicht tun wollen? Dachte sie aus irgendeinem Grund, sie wäre es nicht wert? Wenn das der Fall war, so war es an der Zeit, sie davon abzubringen. Es war nur ein wenig Druck meiner Hände nötig, um sie zu mir zu drehen.

„Warum wir dich heiraten wollen?", wiederholte ich.

Sie nickte. „Ihr habt mich gerade erst kennengelernt... und...und ihr beide? Vielleicht war es der Whiskey, der mich dazu gebracht hat, aber ich laufe normalerweise nicht herum und küsse einfach einen Mann, ganz zu schweigen von zweien."

„Nein, natürlich tust du das nicht", stimmte ich zu. „Warum dann bei uns?" Bevor sie antworten konnte, fuhr ich fort: „Weil du uns genug vertraust, um uns als Schutz vor Leuten wie den Thomkins zu verwenden. Du fühlst dich bei uns sicher."

Sie öffnete ihren Mund, als wolle sie etwas sagen, dann schloss sie ihn. Das leichte Stirnrunzeln tauchte wieder auf, aber dieses Mal, weil sie nachdachte. „Ich habe mich auch bei ein paar Leuten zu Hause sicher gefühlt, aber deswegen hätte ich sie nicht geheiratet."

„Du hast sie allerdings auch nicht küssen wollen. Habe ich recht?"

Sie leckte über ihre Lippen, verdammt.

„Nein. Ich wollte sie nicht küssen", antwortete sie.

„Ich mag deine Ehrlichkeit, Süße", sagte Knox. „Aber zurück zum eigentlichen Punkt, du willst uns küssen und wir wollen dich küssen. Das bedeutet, wir heiraten."

Sie sah über ihre Schulter. „Und zurück zu meinem eigentlichen Punkt...warum?"

Kluge Frau.

Knox zupfte an einer verirrten Locke. „Weil du wunderschön bist."

Sie schnaubte.

„Du glaubst uns nicht?", fragte ich und betrachtete sie aufmerksam. Sie versuchte nicht, nach Komplimenten zu haschen. Sie glaubte wirklich, dass sie nicht attraktiv war. Das bedeutete, sie hatte das Gegenteil viel zu oft gehört. „Wer hat dir etwas anderes eingeredet?"

Sie spitzte ihre Lippen und weigerte sich, mir in die Augen zu sehen.

„Deine Mutter?"

Sie lachte trocken. „Meine Mutter starb, als ich klein war."

„Dein Vater?"

Etwas wie Wehmut huschte über ihr Gesicht. „Er ist ebenfalls tot."

„Wer dann?" Ich würde dieses Thema nicht ruhen lassen. Wir mussten wissen, warum sie so nervös, so zurückhaltend war. So voller Zweifel.

„Ich habe eine Stiefmutter, die meinen Vater nur wegen seinem Geld, nicht wegen mir geheiratet hat. Sie hat zwei Töchter, Zwillinge, die ein Jahr jünger sind als ich. Sie hassen mich."

„Hassen ist ein starkes Wort", entgegnete Knox.

Daraufhin sah sie zu ihm. „Ja, dessen bin ich mir bewusst. Glaub mir, ich weiß meine Worte richtig einzusetzen. Marina und Tara haben mich immer gehasst, waren grausam zu mir. Während ich darauf achte, was ich sage, sind sie bösartig. Warum denkt ihr, dass ich hier bin?"

Ja, wir wussten nicht, *warum* sie eine Versandbraut geworden war.

„Erzähl es uns", forderte Knox sie auf.

Die Geschichte, die sie dann erzählte, ließ mich meine

Eine verruchte Frau

Fäuste ballen. Wir schwiegen, während sie die unfassbar teuflischen und grausamen Taten ihrer Stiefschwestern aufzählte. Das Verbreiten von Lügen, die Zerstörung ihrer Karriere beim Stadtrat, ihre ruinierte Tugend, Verurteilung. Erzwungene Ehe. Die Liste war lang. „Ich schlage keine Frauen, aber wenn ich die zwei jemals zu Gesicht bekomme, kann ich für nichts garantieren."

Eve hob endlich ihren Blick zu meinem. Vielleicht bildete sich das Lächeln auf ihren Lippen, weil ich gesagt hatte, ich würde für sie kämpfen. „Ich glaube, nach dem, was ich von eurer Schwester weiß, wäre sie die erste in der Reihe."

Knox lachte. „Das wäre sie. Aber dazu müsste sie ihre Pistole weglegen."

„Dann sollte ich mir von ihr vielleicht ein paar Tipps geben lassen."

Wir schüttelten beide den Kopf. „Oh, nein. Du musst nicht wie Piper werden."

„Genug von ihr", sagte Knox. „Du bist wunderschön, Süße, und es ist unsere Aufgabe, dafür zu sorgen, dass du es auch glaubst. Du bist klug. Gewitzt. Küsst gut." Knox fuhr fort ihr eine Liste all ihrer positiven Eigenschaften aufzuzählen, wobei er eindeutig die volle Rundung ihrer Brüste oder den üppigen Hintern ausließ. Ich spürte diese köstlichen Wölbungen, während ich hinter ihr stand und mein Schwanz drückte in meiner Hose in ihre Richtung.

„Ihr kennt die Thomkins. Warum sind sie so versessen darauf, dass ich einen von ihnen heirate? Es muss doch einen Grund dafür geben."

Ja, sie war schlau. Sie hatte sie kaum kennengelernt und konnte dennoch ihre Hinterhältigkeit spüren. Vielleicht war das aber auch so, weil sie mit ihren Stiefschwestern zusammengewohnt hatte, die auf ihre eigene Weise hinterhältig waren. „Der, der wie eine große Kröte aussieht, ist bereits verheiratet. Hat sogar Kinder. Curtis will dich, weil ihr Bruder – dein toter Ehemann – ziemlich wohlhabend war."

Die Falten auf ihrer Stirn erschienen wieder. „Ah." Sie sah durch ihre dunklen Wimpern zu mir hoch. „Ist das der Grund, warum ihr mich unbedingt haben wollt?"

Ich hätte Anstoß an der Frage nehmen sollen, aber sie hatte gute Gründe, um vorsichtig zu sein, vor allem nachdem ihre Stiefmutter und die Thomkins aus genau diesem Grund aufgetaucht waren.

„Wir sind nicht auf dich zugegangen, wie sie es getan haben. Du bist diejenige, die gesagt hat, wir würden heiraten. Die es mit einem Kuss besiegelt hat."

Sie errötete. „Stimmt."

Mir gefiel es, dass sie die Verantwortung übernahm, anstatt sie von sich zu weisen.

„Eve, du führst uns in Versuchung wie deine Namensvetterin aus der Bibel." Ich streichelte mit einem Finger ihre Wange hinab. So weich. Warm. „Wir wollen dich nicht wegen deinem Geld. Davon haben wir selbst genug. Dir wird es an nichts mangeln, auch ohne Melvins Geld."

Wir waren nach Slate Springs gekommen, um Piper zu finden, die allein losgezogen war, um unserem übermächtigen brüderlichen Schutz zu entkommen, wie sie behauptete. Sie hatte den Platz einer Frau eingenommen, die auf ihrer Reise zu Spur und Lane, die diese als Versandbraut geheiratet hatte, gestorben war. Wir hatten länger als gedacht gebraucht, um Piper zu finden. Ihre Spur war in Ost Colorado kalt geworden. Als wir sie schließlich in Slate Springs gefunden hatten, beschlossen wir, dort zu bleiben. Wir hatten so viel wie wir konnten über den Bergbau gelernt und uns mit dem Bürgermeister – und Minenbesitzer – Luke Tate zusammengetan, um ein Stück Land zu kaufen, das versprach, reich an Silber zu sein. Wir hatten gegraben und eine gute Ader gefunden. Die 'Dare All Mine' brachte genug ein, mehr als wir jemals zu träumen gewagt hatten. Sogar mehr als Melvin Thomkins' Mine, die jetzt Eve gehörte.

„Oh."

Ausnahmsweise hatte sie einmal etwas Dreistes, etwas Wagemutiges in ihrem Leben getan und jetzt hatte sie Zweifel. Die Diskussion war vorbei. Taten würden sich hier als aussagekräftiger erweisen. „Halt deine Brille fest", befahl ich ihr.

Sie führte ihre Hand automatisch zu ihrem Gesicht. Ich gab ihr keine Möglichkeit, nach dem Grund dafür zu fragen, bevor ich mich nach unten beugte und sie mir über die Schulter warf.

„Jed!", schrie sie. „Lass mich runter."

Sie war klein, üppig und wand sich. Ich legte einen Arm über die Rückseite ihrer Schenkel und hielt sie sicher fest.

Spur, Lane und sogar Piper mit dem Baby kamen bei dem Radau, den Eve veranstaltete, aus der Küche.

Knox schnappte sich unsere Hüte, die an Haken neben der Tür hingen.

„Wir sind dann mal weg, um zu heiraten", verkündete Knox.

Wir warteten nicht, um herauszufinden, ob uns Piper und ihre Männer folgten. Eve würde die Meine – Unsere – werden und ich würde keinen Moment länger darauf warten. Als ich heute Morgen aufgewacht war, hatte ich nicht erwartet, dass ich noch vor dem Abendessen verheiratet sein würde. Vor allem nicht mit einem Brille tragenden Blaustrumpf gemeinsam mit meinem Bruder.

7

ve

WAS HATTE ICH NUR GETAN? ICH STAND ZWISCHEN ZWEI Männern, zwei Fremden und heiratete! Ich hatte sie erst vor einigen Stunden kennengelernt und jetzt schwor ich, den Rest meines Lebens mit ihnen zu verbringen. *Ihnen.* Nicht mit einem Mann, sondern zweien. Wie viel Whiskey war in dieser Kaffeetasse gewesen? Ich musste mich entweder für immer von Alkohol fernhalten oder anfangen, Alkoholikerin zu werden.

Aber als ich an Jeds und Knox' Mündern auf meinem dachte und daran, wie es sich angefühlt hatte, sie zu küssen, blieb ich mit den Füßen fest vor dem Kirchenaltar stehen. Ich hatte keine anderen Küsse, mit denen ich das Erlebte hätte vergleichen können, aber Jed war sanft und süß gewesen, wohingegen Knox' Mund beharrlich und kräftig gewesen war. Mir war überall heiß geworden, meine Lippen hatten gekribbelt und meine Nippel hatten sich zu

Eine verruchte Frau

harten Spitzen zusammengezogen. Es hatte sich…gut angefühlt.

Ich hatte sie geküsst. Nicht andersrum. Ich war frech und verrucht gewesen. Wagemutig. Ich gab dem Whiskey die Schuld dafür, aber ich allein hatte sie geküsst. Durch meine Taten hatte ich mich selbst vor den Pfarrer der Stadt gebracht, wo ich nun „Ich will" sagte. Nicht die Männer. Sie hatten mich nicht überredet oder dazu verführt. Sie hatten nichts gefordert – nun, zumindest nicht, bis mich Jed wie einen Getreidesack über seine Schulter geworfen hatte – oder mich dazu gedrängt. Sie waren nicht wie Marina oder Tara. Sie wollten mich tatsächlich. Sie wirkten nicht wie die Art Mensch, die etwas tat, was sie nicht wollte.

Das war der Grund, warum sie wie zwei große Säulen links und rechts von mir standen und mir ihr Eheversprechen gaben. *Mir!*

Ich wurde wieder geküsst und dieses Mal ergriffen Jed und Knox die Initiative. Dieses Mal spürte ich in ihren Lippen keine Überraschung, kein Zögern. Dieses Mal nahmen sie.

„Oh, meine Güte", flüsterte ich, nachdem sie mich beide geküsst hatten.

Knox grinste mich an, sein Mundwinkel hob sich recht anzüglich. Sich nach unten beugend, flüsterte er mir ins Ohr: „Das war nur ein Kuss auf die Lippen. Stelle dir vor, was du sagen oder schreien wirst, wenn mein Mund andere Körperstellen küsst."

Andere –

Ich hob meinen Kopf, um in seine hellen Augen zu sehen. Er war so groß! Ich entdeckte Humor und Hitze in ihnen. Das Ganze ließ ihn nicht kalt. Mich genauso wenig. Von einem akademischen Standpunkt betrachtet, ergab dieses Interesse an beiden Dare Männern keinen Sinn. Aber ich konnte es nicht leugnen. Ich hatte gelegentlich den Spruch

"Kopf gegen Herz" gehört und jetzt verstand ich ihn. Ich liebte Jed oder Knox Dare zwar nicht, aber ich konnte nicht bestreiten, dass ich *etwas* für sie empfand. Etwas, das ich in keinem Wissenschaftsbuch oder Grundlagenwerk finden würde. Stattdessen erwies sich ein Groschenroman, in dem die Heldin von einem unglaublich gutaussehenden Schurken hinweggefegt wurde, als hilfreicher für mich.

Welch ein verrückter Gedanke, aber heute war er in meinem Leben zutreffend.

Jed schüttelte die Hand des Pfarrers, als Piper zu mir kam. Sie trug Lillian an einer Schulter, um die sie eine gestrickte Decke gewickelt hatte. „Was auch immer du tust, erlaub ihnen nicht, herrisch zu sein."

„Piper", warnte Knox.

Sie sah mit völlig ausdruckslosem Gesicht zu ihrem Bruder hoch. „Was?"

„Wir mischen uns nicht in deine Ehe ein – "

„Ha!" Sie lachte, während sie den Kopf schüttelte und seine Behauptung widerlegte. „Mischt euch nicht ein?"

„In deine Ehe", wiederholte Knox.

Piper schürzte die Lippen, dann zuckte sie mit ihrer freien Schulter. Ihre grünen Augen begegneten meinen. „Na schön. Knox und Jed mischen sich nicht in meine Ehe ein. Davor, nun, waren sie herrisch."

„Piper", schimpfte nun auch Jed, der sich zu uns gesellte.

Sie hielt eine Hand hoch. „Ich bin gewarnt worden. Sie ist neu hier. Kennt niemanden, einschließlich ihrer zwei Ehemänner."

„Du hast deine auch nicht gekannt, die übrigens nicht einmal wirklich deine waren und sie hätte Melvin genauso wenig gekannt. Hättest du dich auch eingemischt, wenn er noch am Leben wäre?"

Darüber hatte ich nicht nachgedacht. Ich hatte Melvin Thomkins überhaupt nicht gekannt und war dennoch mit ihm verheiratet gewesen. Ich besaß eine Eheurkunde, die das bewies. Durch dieses rechtliche Dokument blieb mir gar keine andere Wahl, als seine Frau zu sein, ganz gleich, ob ich glücklich war oder nicht. Er hätte achtzig Jahre alt oder gemein oder ein Säufer sein können. Alles und ich wäre trotzdem die Seine gewesen, mit der er hätte tun können, was er wollte. Aber er war gestorben.

Ich hatte die Dares nicht heiraten müssen. Wenn ich Nein zu ihnen gesagt hätte, hätte mich keiner von beiden dazu gezwungen. Ich kannte sie nicht gut, aber ich hielt sie für ehrenhaft. Tief in meinem Inneren wusste ich das. Vielleicht war es einfach für mich, den Unterschied zu spüren, weil ich so lange mit drei völlig *unehrenhaften* Frauen zusammengelebt hatte. Die Männer hätten mir sicherlich den Hof gemacht, aber ich war diejenige gewesen, die sie in die Ehefalle gelockt hatte.

Ich hatte *ihnen* keine Wahl gelassen.

Oh.

„Eingemischt? Das sagt ja gerade der Richtige", konterte sie. Ihre Worte waren durchtränkt von Bitterkeit.

Ich hörte ihre Worte, aber meine Gedanken waren ganz durcheinander. Ich hatte sie dazu gezwungen, mich zu heiraten.

„Schatz, lass sie in Ruhe", sagte Lane, trat hinter Piper und streichelte sanft mit seiner großen Hand über Lillians Kopf. Ihre blauen Augen waren geöffnet und sie sah ihn durchdringend an. „Nach ihrer Hochzeitsnacht hast du noch genügend Zeit, sie zu belästigen."

Oh, Gott. Meine Hochzeitsnacht. Mit zwei Männern, die ich an mich gekettet hatte.

„Was ist los, Süße?", wollte Knox wissen und beugte sich nach unten, damit er mir in die Augen sehen konnte. „Du bist ganz bleich geworden. Das sollte vor der Zeremonie passieren." Obwohl er versuchte, sich über die Situation lustig zu machen, beobachtete er mich mit ernstem Blick.

„Ich habe euch dazu gezwungen", sagte ich.

Jed stupste seine Schwester aus dem Weg, damit er direkt neben Knox stand. Groß und beeindruckend. Einschüchternd. „Sehen wir aus wie Männer, die man zu irgendetwas zwingen könnte?"

Aus meinem Augenwinkel sah ich, dass Lane und Spur Piper den Mittelgang hinab und aus der kleinen Kirche führten.

„Ich…ich habe euch in eine kompromittierende Situation gebracht und die Thomkins Männer werden das hier erwarten. Ihr habt es getan, weil…weil – "

„Was? Wegen unserer Tugend?", fragte Knox. „Süße, wir wollten dich heiraten. Zur Hölle, ich wollte dich ab dem ersten Moment, in dem ich dich mit dem Bergbaubuch in deinen Händen gesehen habe."

Jed nickte. „Als du mit Piper in der Küche warst, haben wir um dich gestritten. Du hättest die Meine werden sollen und Knox war damit nicht einverstanden."

„Wir wohnen seit einem Jahr in dieser Stadt und haben das neue Gesetz vergessen. Du hast uns daran erinnert. Das bewahrt uns davor, dass wir uns gegenseitig umbringen müssen."

„Wegen dir", beendete Jed ihre Erklärung.

Wegen mir. Ich legte eine Hand auf meine Brust. „Ihr wolltet um mich kämpfen, gegeneinander?"

Beide Männer zuckten mit den Achseln. „Das ist jetzt nicht mehr wichtig. Wir haben beide genau das, was wir wollen. Dich."

Sie zeigten sehr aufrichtige, sehr ernste Gesichtsausdrücke. Diese Männer, guter Gott, diese Männer waren meine Ehemänner. Ihr rotes Haar war auffallend, ihre Gesichter kantig, ihre Größe riesig. Sie wussten, was sie wollten und ich konnte nicht an ihren Worten zweifeln. Ich nickte. „In Ordnung."

„In Ordnung?", fragte Knox, dessen Braue sich, wie ich annahm, skeptisch hob.

„Ja, warum?"

„Du hast viel schneller nachgegeben, als ich erwartet hatte", erwiderte er.

„Warum? Weil ich eine alte Jungfer, Blaustrumpf und Lehrerin bin, die dankbar für jeden Mann sein sollte, der auch nur in ihre Richtung schaut?" Ich konnte nichts dagegen tun, das meine Worte bitter klangen.

Knox' Augen wurden schmal und Jed presste seinen Kiefer zusammen. „Dafür verdienst du einige Hiebe auf den Hintern", verkündete Jed.

„Was?", fragte ich, trat zurück und umklammerte die Rückseite der nächsten Bankreihe.

„Ich habe dir bereits zuvor erklärt, dass du bestraft werden würdest, wenn du wieder so über dich sprichst."

„Ja, du bist ein Blaustrumpf", fügte Knox hinzu. „Du hast erwähnt, dass du Lehrerin bist. Was die alte Jungfer betrifft, du bist was? Zweiundzwanzig?"

„Dreiundzwanzig."

„Es ist der Tonfall, Süße. Wir können hören, wie du dich selbst schlecht machst."

„Dann ist es eben so, weil ich euch beide geküsst habe und ihr haltet mich für forsch." Das musste er sein, ihr Grund, warum sie mich wollten.

„Forsch? Als unsere Frau stört es uns nicht, wenn du forsch bist. Tatsächlich darfst du gerne noch ein bisschen forscher sein. Wir mögen zwar genau das haben, *was* wir wollen", sagte Jed, „aber nicht *wo* wir es wollen."

Ich runzelte die Stirn. „Oh?"

Er beugte sich nah zu mir und flüsterte mir ins Ohr,

wobei sein warmer Atem über meinen Hals strich. „Ja, unter mir. Zwischen uns."

Knox rückte näher an mich. „Über mir funktioniert auch." Er steckte eine lange Haarsträhne hinter mein Ohr. Die Bewegung war so sanft für jemanden so Großen. Ich erschauderte bei der Hitze, die seine Fingerspitzen an meinem Nacken hinterließen. „Aber wo? Im Bett. Jetzt."

Unter...über...Bett. Oh, meine Güte. Küssen war eine Sache, aber das, worauf sie anspielten, war etwas völlig anderes. Vielleicht war ich doch nicht so forsch. Als sie mich aus der Kirche und den Gehweg hinab führten, war ich froh zu wissen, dass *sie* forsch waren.

Knox

„Wohin gehst du?", fragte ich.

Sie befand sich auf halbem Weg die Treppe hoch zum zweiten Stockwerk unseres Hauses, als sie sich bei meinen Worten umdrehte. Ausnahmsweise war sie größer als wir beide.

„Ich nehme an, ihr wollt mit mir schlafen." Sie deutete nach oben. „Und ich nehme an, dass die Betten dort oben sind?"

Mein Schwanz erwachte bei ihren Worten, aber ich blickte bei ihrer Gleichgültigkeit finster drein.

Ich lehnte mich an den Treppenpfosten. „Das sind sie, aber wir brauchen kein Bett, um dich zu nehmen."

Eine Augenbraue hob sich, dann formte sich ein V auf ihrer Stirn.

„Denk nicht so angestrengt nach. Wir werden es dir zeigen", versprach Jed und streckte seine Hand aus.

„Wir wollen mit dir schlafen, Süße, da besteht keine Frage, aber wir wollen, dass du darum bettelst und es nicht wie eine Transaktion auf der Bank behandelst."

Ich sah, wie ihre Wangen erröteten und sie sah hinab auf die abgenutzten Stufen. Wir hatten das Haus von einem älteren Ehepaar gekauft, das nach Golden gezogen war, um näher bei seiner Familie zu sein. In dem Haus waren fünf Kinder aufgewachsen und obwohl es für Jed und mich zu groß war, war es zu der Zeit das einzig verfügbare Haus gewesen. Nun wirkte es wie ein glücklicher Zufall, da wir jetzt eine Frau hatten. Bald würden auch Kinder kommen.

Dieser Gedanke ließ meinen Schwanz noch weiter anschwellen. Ich musste ihn mit meinem Willen nach unten zwingen, denn Eve hatte keine Vorstellung davon, wie es zwischen uns sein sollte. Ich wollte, dass sie heiß und feucht war, keuchte und buchstäblich nach meinem Schwanz bettelte. Sie würde das nur tun, wenn sie erregt, weich und geschwollen war, nachdem sie ein paar Mal gekommen war.

Ich wusste zwar, dass sie sich zu uns hingezogen fühlte, aber wir waren Fremde für sie. Da sie ein braves Mädchen war, würde sie sich nicht einfach hingeben, egal welche Leidenschaft unter der sittsamen Oberfläche brodelte. Dazu würde es einiger Überredungskunst bedürfen. Jede Menge Überredungskunst. Mein Schwanz brauchte keine, aber sie musste wissen, dass wir sie attraktiv fanden, begehrenswert. Dass wir sie ficken wollten. Sie musste auch wissen, dass sie nicht nur ein schneller Fick für uns war. Wenn wir das gewollt hätten, hätten wir uns von ihr ferngehalten und wären ins Frightful Fawn, Jaspers einzigem Bordell, gegangen.

„Oh", murmelte sie. Ich sah, dass ihre Knöchel weiß wurden, weil sie das Geländer so fest umklammerte.

Ich krümmte meinen Finger und sie lief einige Stufen hinab, sodass wir uns auf Augenhöhe befanden. Ich griff nach oben und zog an einer gelösten Locke. „Deine Haare werden nicht gerne hochgesteckt, oder?"

Sie verdrehte die Augen. „Sie sind unmöglich."

Meinen Kopf zur Seite neigend, erfasste ich ihre klaren grünen Augen hinter der Brille, ihre Stupsnase, die leichten Sommersprossen darauf, die volle Unterlippe, die so verdammt verführerisch war. Ihre wilden Haare, die sie wie einen Heiligenschein umgaben. Ich streichelte mit meinen Fingerknöcheln über ihre Wange, legte dann eine Hand in ihren Nacken, fand eine feste Haarnadel und zog sie heraus. Eine nach der anderen ließ ich sie auf die Treppe fallen, bis eine lange Masse Locken über ihren Rücken fiel.

Jed grunzte hinter mir. Auch wenn das alles Mögliche bedeuten könnte, wusste ich, dass ihm ihr ungezähmter, wilder Anblick mit den offenen Haaren gefiel. Das war der erste Blick auf die wahre Eve, ihre sorgfältig aufgebaute Fassade senkte sich eine Nadel nach der anderen.

Sie stand still wie eine Statue, aber ich konnte ihren Herzschlag an ihrem Hals pochen sehen und mir entging nicht, wie schnell sich ihre Brüste hoben, weil ihr Atem immer schneller ging.

„Ich werde dich küssen."

Ich wollte nicht, dass sie panisch wurde, wenn meine Lippen über ihre glitten. Es würde nichts Gutes verheißen, wenn sie sogar davor Angst hatte, weshalb ich ihr die Gelegenheit gab, Nein zu sagen oder sich zumindest darauf vorzubereiten. Das war nichts, was sie bis vor einer Stunde getan hätte und bis sie sich daran gewöhnt hatte, dass Jed und ich sie küssten und zwar oft küssten, würde ihr Gehirn zweifellos ihre Taten immer wieder in Frage stellen.

Zwei Männer treffen, heiraten und innerhalb weniger Stunden nach dem ersten Kennenlernen mit ihnen schlafen? Das war eine ziemliche Hürde für eine Jungfrau, die es für sie zu überwinden galt.

Als ich mich nach vorne beugte und ihren Mund mit meinem berührte, spürte ich kein Zusammenzucken, sondern einen Schauer, einen Schauer der Erregung. Ich war sanft, nur die leichteste Berührung, küsste von einer Seite ihres Mundes zur anderen, lernte ihre Lippen kennen. Als sich ihre Handflächen auf meiner Brust niederließen, so klein, dennoch warm und weich, vertiefte ich den Kuss. Meine Zunge glitt über ihre Unterlippe und sie keuchte. Als sich ihr Mund öffnete, neigte ich meinen Kopf, umfasste ihr Kiefer mit einer Hand und kostete forsch von ihr.

Kaffee und Whiskey und der leichte Geschmack, der nur ihr gehörte.

Ihre Hände vergruben sich in meinem Hemd, während ich ihren Mund plünderte. Sie zog sich nicht zurück. Sie schob mich nicht weg. Nein, sie schmiegte sich an mich. Bevor ihre Beine nachgaben, schlang ich einen Arm um ihre Taille und zog sie an mich. Unsere Körper pressten aneinander und ich spürte jeden weichen Zentimeter von ihr. Als sie ein weiteres Mal an meinem Mund keuchte, wusste ich, dass auch sie jeden harten Zentimeter meines Körpers spüren konnte, insbesondere meinen Schwanz, der gegen ihre Körpermitte drückte.

Uns drehend, küsste ich sie weiterhin, während ich sie gegen die Wand am Fuß der Treppe presste und eine Hand unter ihren Po schob, um sie hochzuheben.

Ich wollte sie noch länger küssen, aber ich hörte, dass sich Jed räusperte.

Mich von ihr lösend – was mich einiges an Anstrengung kostete, da ich noch nie zuvor eine Frau geteilt hatte – stellte ich Eve wieder auf ihre Füße und fuhr mit meinem Daumen über ihre feuchte, geschwollene Unterlippe. Ihre Augen waren geschlossen, ihre Brille saß leicht schief, ihre Wangen waren gerötet.

Oh, ja, sie war nicht immun dagegen. Gottseidank.

Ich trat zurück, als Jed eine Hand auf ihre Hüfte legte, um sie zu stabilisieren. Er sah zu mir und ich nickte ihm knapp zu. Auch wenn er keine Erlaubnis brauchte, um sie zu küssen, war das für uns neues Territorium. Wir teilten, aber nie eine Frau. Ich lehnte mich wieder gegen den Treppenpfosten und beobachtete, wie mein Bruder Eve küsste. Als sie leise wimmerte, musste ich meinen Schwanz verschieben, während sich ein Zischen durch meine Zähne drängte. Meine Eier schmerzten und ich war mir nicht sicher, ob ich lange durchhalten würde.

Zu wissen, dass sie die Unsere und allein die Unsere war, diese kleinen Laute, das zögerliche Spiel ihrer Lippen auf meinen, dass ihr weicher Körper mir und Jed gehörte, ließ mich fast in meiner Hose kommen. Niemand sonst würde diese Laute hören, das Verlangen auf ihrem Gesicht sehen, sie kommen hören. Ihren Körper sehen. Eine Unschuldige zu erobern, war berauschender als die beste Hure.

Sie war unsere Ehefrau.

Jed hob seinen Kopf und ich konnte sie beide im Profil sehen. Mein Bruder beäugte Eve, als würde er sie am liebsten gleich verschlingen. Er hielt sich zurück. Seine angespannten Muskeln, die rote Farbe seiner Wangen waren eindeutige Anzeichen. Eve hatte ihre Hände flach gegen die Wand hinter sich gedrückt und biss auf ihre Lippe.

„Gefallen dir die Küsse?", fragte Jed, dessen Mundwinkel sich hob und den rauen, erregten Tonfall milderte.

Sie sah durch ihre dunklen Wimpern und ihre Brille zu ihm hoch und nickte.

Fuck, diese Brille. Sie war eine sittsame kleine Lehrerin und wir würden sie ordentlich verderben.

„Oh, meine Güte", sagte sie mit leiser und heiserer Stimme.

„Was willst du, Süße?", fragte ich.

Jed trat zurück, damit sie uns beide deutlich sehen

konnte. Sie schaute zu mir und ich erkannte, dass ihr Blick leicht glasig war. Ihr Gehirn hatte sich ausgeschaltet und nur aufs Küssen konzentriert. Gut.

„Ich…ich weiß es nicht. Ich habe das noch nie zuvor getan."

„Möchtest du noch mehr Küsse?", wollte Jed wissen, während er sich mit den Fingerspitzen über die Lippen rieb.

8

nox

„Ja."

Ich bewegte und verschob Eve so, dass ich hinter ihr stehen konnte. Anschließend drückte ich mich nah an sie und schob ihren langen Vorhang aus Haaren nach vorne über eine Schulter, wodurch ich die lange Säule ihres Halses entblößte. Mich nach unten beugend küsste ich die Stelle hinter ihrem Ohr und leckte sie mit meiner Zunge.

Sie keuchte und Jed übernahm ihren Mund, schluckte die erotischen Laute.

Wir küssten sie jetzt beide und obwohl sie zwischen uns stand, berührten wir sie mit keinem anderen Körperteil außer unseren Mündern. Der hohe Kragen ihres Kleides schränkte meine Reichweite ein, aber ich liebkoste und leckte, knabberte und schleckte an ihrer entblößten zarten Haut, spürte ihren schnellen Puls unter meinen Lippen.

Eine verruchte Frau

Sie fühlte sich an wie Seide, so weich und warm. Ihr Duft war…zitronig. Bitter und süß.

Jed hob irgendwann seinen Kopf.

„Und was möchtest du jetzt?", hauchte Jed und glitt mit seinen Lippen über ihre.

„Mehr", flüsterte sie.

„Mehr Küsse oder einfach…mehr?"

„Wie…wie beispielsweise was?"

Sie hatte hier die Kontrolle. Wir würden sie auf keinen Fall verschrecken. Noch würden wir ihr erlauben vor uns zu *flüchten*. Aber auch wenn sie die Geschwindigkeit vorgab, würden wir die Richtung, in die wir gehen wollten, bestimmen.

„Unsere Hände auf dir", erwiderte ich und knabberte zärtlich an der Sehne ihres Halses, während ich sanft meine Handflächen auf die leichte Ausdehnung ihrer Hüften legte.

Ich spürte, wie sich ihr Körper unter meiner Berührung entspannte, praktisch schlaff wurde. Ich drückte sie beruhigend, ließ sie wissen, dass wir zwar zärtlich waren, aber dass das nicht alles war, was wir mit ihr tun konnten – und würden.

Und so berührten wir sie, Jeds Hände glitten über sie, streichelten ihre Arme, ihre Hüften, ihren Bauch, aber vermieden ihre Brüste vollkommen. Ich kniete mich hin und streichelte ihren Rücken hoch und runter, umfasste ihren Nacken.

Als ihr Kopf zurückfiel und ihr Körper kraftlos zu werden schien, fragte ich: „Mehr?"

„Ja."

Ich neigte meinen Kopf nach hinten und sah zu Jed hoch. Anstatt zu antworten, hob er seine Hände von ihrer Taille und umfasste ihre Brüste. Ich ließ meine Hände ihren Rücken hinabwandern und über die volle Kurve ihres Hinterns, der unter ihrem Kleid versteckt war. Obwohl sie kurz ein quiekendes Geräusch von sich gab und sich versteifte, beruhigte sie sich schnell wieder.

„Oh, meine Güte."

„Stell dir vor, wie es sich anfühlen wird, wenn dein Kleid nicht mehr zwischen unseren Händen und deinem Körper ist", forderte Jed sie auf. Seine Hände wogen und kneteten, umfassten und streichelten ihre großen Brüste.

Ich erhob mich, sodass mein Körper gegen ihren gedrückt wurde und meine Hände um ihre Hüften wandern konnten, um nach innen zu gleiten und gegen ihre Pussy zu drücken. Das Kleid *war* im Weg, aber ich konnte trotzdem ihre Hitze spüren.

„Mehr", sagte sie forsch.

Da entfernten wir unsere Hände und ich lief um sie herum, um ihr ins Gesicht zu schauen. Ihre Wangen waren gerötet, die Augen verschleiert und die Lippen geöffnet.

„Ihr…ihr habt aufgehört", murmelte sie.

„Wir könnten dich hier im Eingangsbereich ausziehen, aber du verdienst ein weiches Bett."

Ich reichte ihr meine Hand und sie schaute sie an, dann die Treppe hoch, die sie vor kurzem so forsch hochgestiegen war. Sie stieß den angehaltenen Atem aus und legte ihre Hand in meine. Oh, sie war so klein, geradezu zierlich. Ich war ein schwerfälliger Trampel und sie so zu halten, erinnerte mich daran, dass ich vorsichtig sein musste. Ich führte sie nach oben und direkt in mein Schlafzimmer. Jed folgte uns.

Nachdem er die Tür hinter sich geschlossen hatte – nicht, dass jemand hier reinkommen würde – lehnte er sich dagegen. Sie würde nicht fliehen.

Ihre Finger wanderten zu den Knöpfen an ihrer Kehle, aber ich streckte meine Hand aus und hielt sie auf. „Es ist die Aufgabe deiner Ehemänner, das zu tun."

Eine verruchte Frau

Sie warf mir einen Blick zu, ließ ihre Hände zurück zu ihren Seiten sinken und nickte mir leicht zu.

Mit geschickten Fingern – sie war nicht die erste Frau, die ich entkleidete, aber würde die Letzte sein – öffnete ich die winzigen Knöpfe an der Vorderseite. Jed trat hinter sie und schob den Stoff von ihren Schultern und ihre Arme hinab. Unter dem blauen Kleid trug sie ein einfaches weißes Korsett und darunter ein dünnes Unterhemd. Dessen Träger strichen über ihre bleichen Schultern.

Sie knetete ihre Finger, während sie zu mir hochsah. „Soll es so sein?"

Ich fuhr mit meiner Hand über meinen Bart und fragte mich, ob er zu kratzig auf ihrer zarten Haut sein würde. „Was meinst du damit?"

Ihre rosa Zunge schnellte hervor, um über ihre Unterlippe zu lecken und ich unterdrückte ein Stöhnen, da ich mir die gleiche Bewegung auf meiner Schwanzspitze wünschte.

„Nun, ich weiß, was passieren wird. Allgemein", fügte sie schnell hinzu. Ihre unschuldigen Reaktionen widerlegten diese Aussage. „Aber ich hätte nicht gedacht, dass es sich so anfühlen würde. Nun, dass ich überhaupt etwas fühlen würde."

Jed setzte sich auf die Seite des Bettes, die Knie gespreizt. „Komm her, Eve."

In dem Kleid, das ihr um die Taille baumelte, überwand sie die Distanz und Jed schloss seine Beine, wodurch er sie an Ort und Stelle hielt.

„Das Einzige, was du tun sollst, ist fühlen."

„Ich denke…nein. Ich *fühle*, dass ihr euch zurückhaltet." Sie warf mir einen Blick über ihre Schulter zu.

„Du bist eine Jungfrau", erwiderte ich, „die zwei Ehemänner hat, die sie erst heute Morgen kennengelernt hat und jetzt von ihnen ausgezogen wird. Du bist sehr mutig, dass du uns deinen Körper anvertraust. Wir haben vor, dich zu behalten, also wollen wir sicherstellen, dass du nicht davonrennst."

Sie runzelte die Stirn. „Ist der Akt an sich so schrecklich, dass ihr euch Sorgen machen müsst, ich würde das tun?"

Jed streichelte mit einer Hand über ihre Schulter, wobei er den schmalen Träger ihres Unterhemdes hinunterschob. Seine Augen folgten der einfachen Bewegung.

„Schrecklich? Tatsächlich ist das Gegenteil der Fall. Es wird so, so gut sein. Denkst du, du kannst uns vertrauen?"

Ihr Kopf drehte sich bei Jeds Worten.

„Ich…ich habe keine große Wahl."

„Und das ist der Punkt, an dem du dich irrst", entgegnete er und gab ihre Beine frei. „Du hast die Wahl. Warum denkst du, dass wir dich ständig fragen, was du möchtest?"

Sie sah zwischen uns beiden hin und her, dann schob sie ihre Brille die Nase hoch, etwas das, wie ich bemerkte, eine nervöse Angewohnheit anstatt einer Notwendigkeit zu sein schien.

„Ich will – " Sie holte Luft, dann nochmal. So, so tapfer. „Ich will, dass es gut wird. So, so gut."

EVE

ICH HATTE KEINE AHNUNG. ÜBERHAUPT KEINE. DIE GEFÜHLE, die Knox und Jed in mir weckten…es gab keine Worte dafür. Nur *mehr*. Kein Wunder, dass der Stadtrat von Clancy so unnachgiebig wegen des verruchten Verhaltens vorgegangen war. Ich hatte nichts Unanständiges getan, wie meine Stiefschwestern sie glauben gemacht hatte, aber wenn ich gewusst hätte, dass mit einem Mann zusammen zu sein, solche Gefühle in mir hervorrufen würde, dann wäre der Verlust des Lehrerpostens es vielleicht sogar wert gewesen.

Mr. Nevil hätte allerdings nicht diese Empfindungen in mir auslösen können. Ja, er war ein attraktiver Mann, aber er hatte mein Herz nie zum Rasen gebracht, meine Handflächen feucht und meine Nippel hart werden lassen, nur indem ich ihn ansah. Nicht einmal. Er war wie ein Bruder für mich gewesen und die Vorstellung, ihn zu küssen, und noch ganz andere *Dinge* mit ihm zu tun, wie es Jed und Knox mit mir vorhatten, war absolut abschreckend.

Fühlte ich mich so, weil ich verrucht war oder wegen der Männer, mit denen ich zusammen war? War das überhaupt wichtig? Ich brach schließlich keine gesellschaftlichen Regeln. Ich war ordnungsgemäß von einem Mann Gottes mit Knox und Jed verheiratet worden. Er hatte unsere Vereinigung gesegnet und bewilligt. Dass sie mich küssten, mich berührten, mich auszogen, war erlaubt, akzeptiert. Sogar *erwartet*.

Und dennoch überraschten mich meine Worte. Ich ging forsch vor, forscher als ich es jemals in meinem Leben gewesen war. Ich hatte mich jahrelang von meinen Schwestern unterdrücken lassen, hatte mich von ihnen sogar aus Clancy vertreiben lassen und mich kaum dagegen aufgelehnt. Warum war ich da nicht so forsch gewesen? Warum war ich es *jetzt*? Sie waren weg und ich war auf meinen Wunsch hin verheiratet. Ich hatte mich selbst in diese Situation manövriert und ich würde sie bis zum letzten verdammten Quäntchen auskosten. Ja, ich wusste, wie man fluchte, aber ich würde es niemals laut aussprechen.

Jeds Beine schlossen sich wieder um meine Schenkel, als Knox hinter mich trat. Sein weicher Bart strich über meine Schulter, während er mich küsste. Ich spürte die feuchte Hitze seiner Zunge, die mich berührte, als würde sie von mir kosten wollen. Aber darüber konnte ich nicht nachdenken, da seine Hände um meinen Körper griffen – so groß, so stark – und meine Brüste umfassten. Als Jed das vorhin getan hatte, war ich verblüfft gewesen. Jetzt war ich an die Vorstellung gewöhnt, gerade so, aber nicht daran, welche Empfindungen diese Aktion bei mir auslöste.

„Männer...ähm, mögen Brüste?", fragte ich, während mein Kopf nach hinten gegen Knox' harte Schulter fiel.

Jed gluckste und Knox antwortete nicht, sondern griff in mein Korsett und hob meine Brüste über den Spitzensaum des steifen Kleidungsstückes und des Unterhemdes, sodass die runden Wölbungen entblößt wurden. Schwielige Hände umfassten sie wieder. Ich konnte sehen, wie meine Brustwarzen zwischen seinen gespreizten Fingern hart wurden.

„*Wir* mögen Brüste. Wir mögen *deine* Brüste", murmelte Knox, dessen Hände mit meinen empfindlichen Busen zu *spielen* schienen.

Jed löste derweil die Streben meines Korsetts und ließ es dann mit einem sanften Klong auf den Boden fallen. Ich seufzte, genoss die Möglichkeit, wieder tief einatmen zu können, während Knox mich in seinen Händen hochhob.

„Es gefällt uns, zu sehen, wie deine Nippel hart werden, mit ihnen zu spielen. Zu beobachten, wie sie eine hübsche dunkelrosa Farbe annehmen. Ich wette sie sind sehr empfindlich."

Knox hatte recht. Meine Brustwarzen *waren* empfindlich. Das hatte ich nie gewusst. Ich hatte sie beim Baden selbst berührt und mich immer gefragt, warum sie hart wurden, wenn die kühle Luft sie umschmeichelte. Aber dies...

Ich antwortete nicht. Ich musste nicht. Mein Wimmern sprach für sich. Als Knox sie zwischen seine Finger nahm und zwickte, öffneten sich meine Augen abrupt und ich starrte Jed an, während sich aus einer dunklen, animalischen Stelle tief in mir ein Schrei löste.

Eine verruchte Frau

„Der Schmerz ist gut, nicht wahr?" Jeds Augen waren hart, aber gefüllt mit einem Feuer, das ich als Verlangen erkannte. „Keine Sorge, ich werde es wieder gut machen."

Knox gab eine Brustwarze frei und hielt meine Brust so, dass Jed sich nach vorne beugen und sie in seinen Mund nehmen konnte. In seinen Mund! Er leckte mit seiner Zunge über die zarte, kribbelnde Spitze, dann schloss er seinen Mund darum. Saugte sanft. Die feuchte Hitze linderte den Schmerz und entfachte zugleich etwas in mir. Meine Haut wurde warm und ein unsichtbarer, magischer Faden schien meine Brüste mit der Stelle zwischen meinen Beinen zu verbinden. Dort, *dort* schmerzte ich und war feucht. Indem ich meine Schenkel zusammendrückte, versuchte ich das Verlangen, das ihre Zuwendungen in mir hervorriefen, zu dämpfen. Es war, als würde eine kleine Flamme allmählich zu einem großen Lagerfeuer anwachsen.

Meine Finger vergruben sich in Jeds seidigem Haar, hielten ihn nah an mich und schoben ihn zur gleichen Zeit weg. Knox ließ nicht nach, bis Jed seinen Kopf hob und die Brust wechselte, um sich um den anderen gequälten Nippel zu kümmern. Nach unten schauend, sah ich, wie seine Lippen die feste Spitze umschlossen, beobachtete, wie er daran nuckelte. Mein anderer Nippel war kirschrot, genau wie es Knox vorhergesagt hatte, die Spitze war hart und aufrecht, glänzte von Jeds Mund.

„Mehr?", fragte Knox.

Ich nickte, lehnte wackelig an seiner Schulter, kurz bevor er sich gegen meinen Rücken presste. Mir entging seine dicke, harte Männlichkeit nicht, die ich dabei spürte. *Das* sollte in mich eindringen? Ich hatte Angst vor dieser Vorstellung, stand dem definitiv skeptisch gegenüber, aber irgendwie war ich nicht länger besorgt. Ich wollte es. Brauchte es.

Jed schob mein Kleid über meine Hüften und ich spürte,

wie es um meine Knöchel fiel. Knox hob den Saum meines Unterhemdes, wobei seine Finger die Rückseite meiner Beine hochglitten, über meinen Po, dann über meinen Kopf.

Ich war nackt, vollständig entblößt vor ihnen. Es war still, zu still. Ich hörte nicht einmal ihren Atem. Als ich meine Augen öffnete, sah ich, wie Jeds Augen über mich glitten. Aus seiner sitzenden Position hatte er einen direkten Blick auf mich, auf Stellen, die noch niemand jemals zuvor gesehen hatte. Er streichelte mit seinen Fingerknöcheln von meiner Halsbeuge das Tal zwischen meinen Brüsten hinab, über die leichte Kurve meines Bauches. Ich saugte die Luft ein, als er weiter nach unten wanderte, bis er über die spärlichen Haare zwischen meinen Schenkeln strich.

Er hob seinen Blick zu meinem, durchbohrte mich mit seinen blauen Augen, die jetzt dunkel und grau waren, als ob ein Sturm in seinem Inneren aufzöge. „Bist du feucht für uns?"

Ich fühlte mich zwischen meinen Beinen *feucht* an, aber ich war mir nicht sicher, ob er genau das damit meinte. Ich war ein Neuling und ahnungslos und obwohl sie das wussten, wollte ich mich nicht blamieren, indem ich eine dumme Frage stellte. Als seine Handfläche mich umfasste, blitzten seine Augen auf.

„Tropfnass."

Ich *war* feucht. Ich spürte es daran, wie seine Finger mühelos über meine zarten Falten glitten.

„Lass mich fühlen", verlangte Knox, dessen Stimme einem dunklen Brummen glich. Anstatt dass seine Hand sich zu Jeds gesellte, wie ich es erwartet hatte, erfasste er mich von hinten. Jeds Hand machte Platz für Knox und nun berührten sie mich gemeinsam.

Ich ging auf meine Zehenspitzen, als ich ihre Berührungen heiß und schockierend spürte, und packte Jeds Schultern, um das Gleichgewicht zu halten. Finger glitten um und über meinen Eingang, niemals nach innen, über meine Schamlippen, umkreisten eine Stelle, die mich aufkeuchen und meinen Rücken durchbiegen ließ, während sich mein Blut erhitzte. Meine Gedanken drehten sich nur noch um ihre Berührungen. Nichts anderes. Außerhalb des Kreises ihrer Arme, dem Gefühl von Knox in meinem Rücken, dem Druck von Jeds Schenkeln an meinen Beinen, ihren Fingern, die wundervolle Dinge mit mir machten, gab es nichts.

Jed hob seine Hand und durch meinen verschleierten Blick sah ich, dass seine Finger von meiner Feuchtigkeit glänzten und glitschig waren. Als er diese Finger zwischen seine Lippen schob, sie leckte und daran saugte, bis sie sauber waren, schob Knox einen Finger in mich.

Ich schrie auf und zuckte zusammen. Knox schlang einen Arm um meine Taille und hielt mich fest. Das Gefühl seines harten Körpers in meinem Rücken war beruhigend, während der einzelne Finger kreiste und rein und raus glitt.

„So eng. So feucht", murmelte er.

9

ve

Jeds Hand wanderte wieder zwischen meine Beine und verlustierte sich dort. Aber nicht wie ich es erwartet hatte. Knox' feuchte Finger glitten nach hinten und er berührte mich an der verbotensten aller Stellen. Ich zuckte zusammen, aber er summte beruhigend. Er bewegte seinen Finger allerdings nicht. Der feuchte Finger drückte gegen mich und ich keuchte.

Jed grinste. „Wir werden dich beide nehmen. Genau so. Einer von uns von vorne, der andere von hinten. Beide Löcher."

„Jetzt?", fragte ich. Ich wollte meine Hüften nach vorne in Jeds Berührung neigen, dann nach hinten zu Knox und ich gab diesem Verlangen nach, meine Hüften zuckten förmlich vor und zurück. Dann zogen sich ihre Hände zurück und ich wimmerte. Jed leckte wieder seine Finger ab.

„Sie schmeckt so gut", sagte Jed. „Ich will mehr."

Er fiel direkt vor mir auf die Knie und küsste meinen Bauch, wobei seine Stirn über die Unterseite meiner Brüste strich. Knox' Hand lag auf meiner Hüfte, sein Finger verschmierte meine eigene Feuchtigkeit auf meiner Haut.

„Mehr?", keuchte ich, während sich seine Hände hinter mein rechtes Knie schoben und es hochhoben. Was konnte es noch geben, wenn sie mich bereits mit ihren Fingern auf solch verruchte Art und Weise berührten? „Stell deine Füße aufs Bett. Ja, genau so. Gut."

Bevor ich eine Frage stellen konnte, senkte Jed seinen Kopf und legte seinen Mund auf mich. *Dort.*

Meine Zehen krümmten sich auf der Decke und ich vergrub meine Finger in Jeds Schultern, während ich spürte, wie seine Zunge über meine Falten glitt und sie teilte.

„Jed!", schrie ich.

Er hob seinen Kopf und ich sah sein verschmitztes, sehr feuchtes Grinsen. „Mir gefällt es, wenn du meinen Namen schreist. Ich kann es nicht erwarten, zu hören, wie du auf meiner Zunge kommst."

Ich wusste nicht, was er damit meinte und er gewährte mir keine Zeit, um darüber nachzudenken.

Knox' Hände umfassten wieder meine Brüste. Seine Finger begannen an meinen Nippeln zu zupfen und zu ziehen, wobei eine Seite feucht und glatt war. Ich wusste das war von mir.

Jetzt verstand ich, warum sie so häufig gefragt hatten, ob ich mehr wollte. Jetzt verstand ich, warum sie sich zurückgehalten hatten. Von den beiden gemeinsam berührt zu werden, mit ihrer ganzen Intensität, fühlte sich an, als wäre ich in einen starken Tornado geraten. Ich hatte über deren Kraft gelesen, über die Zerstörung, die sie hinterließen. Meine Gedanken wirbelten umher und verschwanden, mein Atem wurde hektisch und ich packte

Jed, da er das Einzige war, das mich davon abhielt, weg zu schweben.

Das Vergnügen war unglaublich. Sein Mund war sanft, dennoch unbarmherzig, und schickte meinen Körper auf den Weg zu…etwas. Ich wusste nicht, was es war, aber ich brauchte es mit einer solchen Verzweiflung, die ich noch nie zuvor empfunden hatte.

„Bitte", flehte ich. Ich erinnerte mich vage daran, dass sie gesagt hatten, dass sie mich betteln hören wollten. Dafür war ich mir jetzt nicht mehr zu stolz. An diesem Punkt war ich mir für *nichts* mehr zu stolz, wenn sie im Gegenzug dafür sorgten, dass ich mich besser fühlte, dass ich mehr fühlte.

„*Mehr*. Bitte, Gott. Ich brauche es…ich – oh."

Obwohl Jed meine Beine festhielt, gelang es mir, meine Hüften gegen seinen Mund zu drücken.

„Gefällt es dir, wenn Jed deine Pussy mit seinem Mund verwöhnt?", flüsterte mir Knox ins Ohr. „Gefällt es dir, wenn ich an deinen Nippeln ziehe? Sie zwicke?"

Er tat genau das und ich schrie auf. Es war heiß und scharf und dann verwandelte es sich in einen weichen, heißen Nebel.

Ich war näher an dem Ort, zu dem ich wollte, aber noch nicht…ganz…dort.

Ein Schnalzen von Jeds Zunge brachte mich wieder zum Betteln.

„Ja. Oh, ja, bitte. Jed!" Ich schrie seinen Namen, als er es wieder machte, dann wieder und mich über eine Klippe stieß. Ich fiel, flog, schwebte und schrie, schluchzte und ergab mich.

Ich konnte nicht atmen, konnte mich nicht aufrecht halten, konnte nichts tun, außer zu fühlen.

Irgendwie war ich in der Mitte des Bettes platziert worden und als ich meine Augen öffnete, beugten sich Jed und Knox über mich. Jed wischte gerade mit seinem Handrücken über seinen Mund und Knox grinste.

„Mehr?", fragte Knox und streichelte mit einer Hand über mein angewinkeltes Knie.

Meine Haut war erhitzt und empfindlich, mein Atem kam nur noch stoßweise und mein Herzschlag verlangsamte sich allmählich. Ich fühlte mich…himmlisch. Ich lächelte und streckte mich, wobei es mir egal war, dass ich meine Brüste nach vorne stieß, als ich meine Arme hob.

„Mehr davon? Definitiv."

„Du wirst wieder kommen, keine Sorge", versprach Jed und stieg vom Bett. Er begann sich auszuziehen, während er sprach. „Das nächste Mal wird es passieren, wenn mein Schwanz dich ausfüllt."

„Zur Hölle nein", widersprach Knox, stellte sich an die andere Seite des Bettes und zog sein Hemd aus. „Ich will ihre Pussy zuerst."

Ich fühlte mich…unglaublich. Lockere Glieder, losgelöste Gedanken, entspannt. Befriedigt. Zufrieden. Wild und definitiv verrucht. Aber die Männer dabei zu beobachten, wie sie sich ihrer Kleidung mit offenkundigem Eifer entledigten und wie sie um mich stritten, sorgte dafür, dass ich mich besonders fühlte. Ich konnte mich nicht daran erinnern, wann ich mich zuletzt so besonders gefühlt hatte, das war lange, lange her.

Victoria, Marina und Tara hatten mich dazu gebracht, mich wie ein Nichts zu fühlen. Ich schüttelte diese schrecklichen Gedanken ab und kicherte, als Knox seinen Fuß in seiner Hose verhedderte und stolperte.

„Mir gefällt es, wenn ihr um mich kämpft." Die zwei Männer standen jeder auf einer Seite des Bettes. Nackt. „Oh, meine Güte." Ich blickte von einem perfekten Körper zum anderen. Sie hatten eine ähnliche Größe, aber Knox' Oberkörper war breiter. Beide waren muskulös – sehr muskulös – aber Jed war drahtiger. Beide hatten rote Haare auf der Brust, die sich zum Bachnabel hin zu einer Linie verjüngten und weiter nach unten führten zu einem Büschel am Ansatz ihrer sehr langen, sehr dicken, ähm… Männlichkeit.

„Gefällt dir, was du siehst?", wollte Jed wissen.

Ich schluckte. „Ich weiß, sie sollen in mich, aber wie?"

Während ich meine inneren Wände zusammenzog, erinnerte ich mich an das Gefühl von Knox' Finger, der in mich eingedrungen war. Das war nicht schlecht gewesen. Ganz im Gegenteil. Ich hatte mir gewünscht, er würde tiefer in mich dringen.

Knox streckte seine Hand aus, packte meine und zog mich auf meine Knie. Er drehte sich um und landete an der Stelle, wo ich gerade gelegen hatte, auf seinem Rücken. Das Bett quietschte protestierend. Anschließend zog er mich auf sich. Ich drückte mich gegen jeden harten, nackten Zentimeter seines Körpers. Er grinste mich an, während sich seine Hände auf meine Taille legten.

„Wie?", fragte er und veränderte meine Position so, dass ich rittlings auf seinen Schenkeln saß, bevor er den Ansatz seiner Männlichkeit umfasste, damit sie direkt nach oben stand und meinen Bauch streifte. „Steig auf und nimm mich auf einen Ritt."

„Na schön", grummelte Jed. „Du nimmst sie zuerst, aber ich erobere ihren Hintern, wenn es an der Zeit ist."

Mein Po presste sich bei seinen Worten zusammen, da ich mich an das Gefühl von Knox' Finger erinnerte, der dort gekreist und gedrückt hatte.

Ich sah zu Jed. Er streichelte sich ebenfalls selbst und ich entdeckte einen Tropfen Flüssigkeit, der aus dem Schlitz an der Spitze quoll.

„Dann wollen wir dich mal vorbereiten, Süße." Knox hob mich mühelos hoch, sodass ich nach vorne gebeugt wurde.

Eine verruchte Frau

„Vorbereiten? Wie?"

„Indem wir dich ganz weich und entspannt für mich machen."

„Ich bin entspannt. Ich glaube nicht, dass ich jemals entspannter war", entgegnete ich, während ich an meine lockeren Glieder, meinen ruhigen Verstand dachte. Jed hatte mich mit seinem Mund zum Kommen gebracht – so hatte er es genannt – und ich hatte noch nie ein süßeres Vergnügen erlebt. Ich wollte es nochmal. Und nochmal.

Knox grinste mit kaum verhohlenem Stolz.

„Ich bin groß und ich will dir nicht wehtun. Es wird die Dinge vereinfachen, wenn du schön weich bist, deine Pussy geschwollen und feucht ist."

Ich hatte gehört, dass es beim ersten Mal wehtäte und hatte angenommen, dass sie wussten, was sie bezüglich dieser Sache taten. Nein, ich hatte es nicht angenommen. Sie hatten ihre Fähigkeiten bisher mehr als unter Beweis gestellt. Wenn sie nochmal dafür sorgen konnten, dass ich dieses fantastische Vergnügen empfand, würde ich tun, was auch immer sie verlangten, auch wenn ich ihnen das nicht verraten würde.

„Wie?"

„Indem du mir erlaubst, von deiner Pussy zu kosten. Jed hat deinen Geschmack auf seiner Zunge, aber ich nicht."

„Wa – ?" Ich konnte nicht einmal das ganze Wort aussprechen, bevor ich hochgehoben und direkt auf Knox' Kopf gesetzt wurde. Meine Unterschenkel lagen links und rechts von seinen Schultern, meine Innenschenkel strichen über seinen Bart. Ich sah ein kurzes Grinsen, bevor ich direkt auf seinen Mund gesenkt wurde.

„Oh, mein Gott", hauchte ich, als er sich sogleich an meiner zarten Haut festsaugte.

„Ihre Pussy ist perfekt, nicht wahr?", hörte ich Jed fragen.

Knox machte ein Geräusch, das auf meiner...Pussy vibrierte.

Oh, Gott, ich saß auf seinem Gesicht!

Ich würde wieder kommen, genau wie es Jed gesagt hatte. Wohingegen er sanft und zärtlich gewesen war, war Knox unersättlich, als ob er zu lange darauf hätte warten müssen, bis er an der Reihe war.

Es war für mich nicht von Bedeutung, dass sie sich derselben Aufgabe auf zwei verschiedene Arten widmeten. Mein einziger Gedanke war, dass sie beide in der Lage waren, mich zu dem genau gleichen, perfekten Vergnügen zu führen. Ich packte das Messinggestänge des Bettes, um mich daran festzuhalten, während ich meine Hüften wiegte und sie bewegte, um das größtmögliche Vergnügen von Knox' Mund zu erhalten. Da seine Hände meine Hüften in einem festen Griff hatten, waren meine Bewegungsmöglichkeiten sehr eingeschränkt. Als er meinen Po leicht zwickte, zuckte ich zusammen.

„Beweg dich nicht", befahl Knox und sah zwischen meinen Beinen zu mir hoch. „Ich werde dir geben, was du brauchst."

Er brauchte nicht lange, um das zu tun. Mein Atem stockte, meine Muskeln spannten sich an, meine Schenkel zitterten. Meine inneren Wände pulsierten und zogen sich zusammen, bereit, dass Knox mich füllte. Das Verlangen gepaart mit der rücksichtslosen Vorgehensweise seiner Zunge brachte mich dazu, meinen Kopf zurückzuwerfen und seinen Namen zu schreien. Wieder und wieder. Es war mir egal, ob mich die Nachbarn hörten. Ausnahmsweise war ich einmal das Luder und ich hatte zwei Männer, die mich so zu mögen schienen.

Ich erschlaffte und war dankbar für Knox' festen Griff. Wieder zu Atem zu kommen, erwies sich als schwierig und selbst mir die Haare aus dem Gesicht zu streichen, war zu viel Arbeit. Daher ließ ich mich von Knox seinen Körper hinabschieben, wobei meine Pussy über jeden harten Zentimeter seiner Brust und Bauch glitt, bevor ich gegen die breite Spitze seines Schwanzes stieß.

Meine Hände gaben das Bettgestänge frei und ich setzte mich auf Knox, wie er es gewollt hatte, eine Reiterin auf einem Hengst.

Seine blauen Augen blickten in meine, während sich Jed auf das Bett setzte.

„Bereit?", fragte Knox.

Ich warf ihm einen Blick zu, dann Jed. „Ich werde zuschauen, wenn er dich zum ersten Mal nimmt", erzählte er mir.

Auf seine Aussage hin nickte ich, woraufhin Knox seine Hüften nach oben bewegte und mich nach unten drückte und sein Schwanz in einem dicken, langen Stoß in mich eindrang, da er wohl gedacht hatte, ich würde auf *seine* Frage antworten.

Ein Wimmern entwich meinen Lippen, als mich ein scharfer Schmerz durchfuhr. Sein Schwanz hatte mein Jungfernhäutchen mit schneller Präzision durchbrochen und während er vollständig in mir steckte, wackelte und wand ich mich in dem Versuch, mich an die Empfindung zu gewöhnen.

„Es tut weh", erwiderte ich, während ich durch meine Nase ein- und ausatmete und versuchte, mich von ihm zu heben. „Du bist zu groß. Ich war nicht bereit."

„Schh", sagte Knox, während mich seine Finger auf meinen Hüften festhielten. „Warte einfach. Regungslos. Das ist es. Atme."

Ich hatte keine Ahnung, wie er jetzt so geduldig und ruhig sein konnte, obwohl er noch vor wenigen Minuten so begierig gewesen war, als er seinen Mund auf mir gehabt hatte. Zuvor hatte ich mich nicht bewegen wollen und jetzt wollte ich mich wieder von ihm heben.

Jed hob seine Hand und strich mir die Haare aus dem feuchten Gesicht. „Du warst bereit. Du warst perfekt. Warte einfach und ich verspreche dir, du wirst es lieben."

Ich schüttelte den Kopf und schob meine Brille nach oben. „Nein. Das wird nicht funktionieren. Du kommst nachher nicht mehr an die Reihe."

Sie lachten beide leise, obwohl Jeds sanfte Hände den spöttischen Laut Lügen straften. Eine Hand streichelte über die Kurve meiner Brust, Knöchel glitten über meine Brustwarze. Als Knox lachte, bewegte sich sein Körper und sein Schwanz bewegte sich leicht in mir.

„Oh." Meine Augen weiteten sich, als Hitze aufblitzte, kein Schmerz.

Ich bewegte meine Hüften, hob sie leicht. Senkte sie. Zog mich zusammen.

„Oh", wiederholte ich.

„Das ist es. Finde heraus, was dir gefällt", wies mich Knox an, während seine Hände meine Schenkel hinabrutschten und mir freie Hand ließen.

Ich schloss meine Augen und begann mich zu bewegen, hoch und runter, kreisend. Es tat nicht mehr weh. Ganz und gar nicht. Es fühlte sich sogar gut an. Wirklich gut.

„Du bist umwerfend, Süße."

„Perfekt."

Das Lob wärmte mich, beruhigte mich, motivierte mich und daher legte ich eine Hand auf Knox' warme Brust und begann mich eifrig zu bewegen.

Als sich Knox' Hüften hoben, während ich mich nach unten senkte, schrie ich auf und riss meine Augen weit auf. Es tat nicht weh. Ihre Münder auf mir waren…fantastisch gewesen, aber das? Ich hatte keine Ahnung gehabt, dass mein Körper so viele verschiedene erogene Zonen hatte, die mich so gut fühlen ließen, die mich zum Höhepunkt bringen konnten.

Knox Blick aus seinen blauen Augen war dunkel und sein Mund war fest zusammengepresst. Schweißperlen standen ihm auf der Stirn und ich konnte sehen, dass er sich zurückhielt. Vielleicht war seine Bewegung unfreiwillig gewesen.

„Hältst…hältst du dich wieder zurück?", fragte ich, während ich mich Zentimeter für Zentimeter hob und senkte.

„Das tue ich", antwortete er ehrlich.

Ich schüttelte den Kopf, wodurch meine langen Haare über meinen Rücken glitten. „Tu es nicht."

Seine Hände streichelten über meine Schenkel. „Du warst bis vor einer Minute noch Jungfrau. Wir haben alle Zeit der Welt, um härter vorzugehen. Ich will dir nicht wehtun."

„Das wirst du nicht. Ich will alles. Zeig es mir."

Seine Hände erstarrten, während er mich eindringlich musterte.

„Bitte."

Seine Augen huschten zu Jed und seine Hände rutschten von meinen Hüften, um meine Pobacken zu umfassen und sie anschließend auseinanderzuziehen. Jed glitt mit einer Hand meinen Rücken hinab und wanderte mit seinen Fingern über mich. *Dort.*

„Jed!", schrie ich. Die Berührung veranlasste mich dazu, mich um Knox zusammen zu ziehen und er zischte.

„Ich werde dich dort nehmen. Hier. Auch wenn du mir jetzt nicht glaubst, wirst du es mögen, wenn wir dich hier verwöhnen. Mein Schwanz wird tief in dich eindringen, während Knox deine Pussy füllt. Genau wie jetzt, aber dann werden zwei Schwänze tief in dir stecken."

„Ich bin nicht bereit", wimmerte ich, als er nach innen drückte.

„Nicht für meinen Schwanz, nicht für uns beide. Nein. Aber bald. Fürs erste wirst du nur meine Fingerspitze aufnehmen."

Ich spannte die Muskeln instinktiv an, weshalb Knox seine Hand ausstreckte und über meinen aufgerichteten Nippel streichelte. Sofort entspannte ich mich und Jeds Finger glitt in mich.

Meine Augen weiteten sich und ich keuchte. Es war seltsam, auf diese Weise gedehnt zu werden, einen Schwanz in mir zu haben. Es zu *mögen*. Ich stöhnte und wand mich, hob und senkte mich, ritt Knox, wie er es sich gewünscht hatte.

Meine Möglichkeiten waren allerdings begrenzt. Ich war nicht stark genug und mit Jeds Finger in meinem…Arsch konnte ich nicht denken.

„Ich…brauche. Bitte, Knox. Mehr." Ich meinte nicht mehr Finger in meinem Hintern, sondern mehr Empfindungen. Mehr Intensität.

Das war alles, was er hören musste. Denn im einen Moment sah ich noch auf ihn hinab, im nächsten hatte er uns umgedreht und ragte über mir auf. Aus meinem Augenwinkel sah ich Jed, der wieder seinen Schwanz streichelte. „Als nächstes bin ich dran."

Knox sah nicht zu seinem Bruder, sondern hielt meinen Blick, während er antwortete: „Ich bin noch nicht fertig. Wir fangen gerade erst an."

10

ed

Die Mine war nichts gewesen, das Knox oder ich jemals im Sinn gehabt hatten. Wir waren nur nach Colorado gekommen, um Piper zu finden, aber als wir uns vergewissert hatten, dass sie rechtmäßig mit Spur und Lane verheiratet war, war unsere Aufgabe erledigt gewesen. Der Grund, aus dem wir in Slate Springs waren, war nichtig geworden. Nach Kansas zurückzukehren, um mit unseren drei Brüdern das Land unserer Familie zu bearbeiten, war jedoch nichts, was einer von uns hatte tun wollen. Frank war der Farmer der Familie. Außerdem war er der Älteste und sie gehörte ihm. Sicher, Knox und ich hatten geholfen. Fünf kräftige Rücken waren besser als drei, aber wir hatten uns nie als Farmer für die Ewigkeit gesehen.

Nach einigen Tagen in Slate Springs war uns die Stadt ans Herz gewachsen. Wir hatten uns schnell mit den Tates,

Luke und Walker, angefreundet. Zu diesem Zeitpunkt war ich noch nicht bereit gewesen, Pipers Ehemänner zu mögen, einfach aus Prinzip. Als wir jedoch sahen, dass sie Piper wirklich liebten und in der Lage waren, mit ihrer wilden Art umzugehen und sie sogar zu zähmen, akzeptierten wir sie – wenn auch widerwillig – als Freunde.

Lukes Mine war eine Kuriosität für uns. In Kansas gab es keinen Bergbau, zumindest wussten wir von keinem, nicht die Art von Bergbau, bei der Silber und andere Materialien aus dem Berg gewonnen wurden. Also hatten wir Stellen bei ihm angenommen und mehr über das Geschäft gelernt. Wir hatten gelernt, worauf man achten musste, wenn man nach einer neuen Ader suchte. Mit Lukes Investition hatten wir etwas karges und steiniges Land gekauft, was alles vielversprechende Anzeichen für eine gute Ader waren. Dann hatten wir gegraben wie die Maulwürfe und Silber gefunden, genau wie wir es uns erhofft hatten. Sicher, wir hatten es leichter gehabt – trotz der knochenharten Arbeit – als andere, die das Gleiche versucht hatten und wir hatten Glück gehabt.

Unsere Mine beschäftigte nun drei Männer und warf eine hübsche Summe ab. Beständig. Im vergangenen Jahr hatten wir uns nur auf die Mine konzentriert, uns um sie gekümmert, sie vergrößert. Aber in den vergangenen Wochen, seit wir mit Eve verheiratet waren, hatte sich alles verändert.

Mir war egal, ob auch nur noch ein Gramm Silber aus der Mine gewonnen wurde. Ich brauchte es nicht. Ich brauchte sie. Ich war unersättlich. Genauso wie Knox.

Nach der ersten Nacht, in der wir langsam vorgegangen und sie entjungfert hatten, waren wir bei jeder Gelegenheit, die sich uns bot, auf ihr, in ihr, zur Hölle, hinter ihr gewesen. Knox mochte sie zwar als erster genommen haben, aber ich hatte es mir zur Aufgabe gemacht, sie darauf vorzubereiten, dass ich ihren Arsch nahm, da ich der erste sein würde, der dort in sie eindringt, der ihr zeigte, wie es sein würde, wenn mein Bruder und ich sie gemeinsam eroberten. Daher hatten wir Plugs zum Bestandteil unserer Spielchen gemacht. So hatten wir beispielsweise ihre Pussy gefickt, während sie von einem gedehnt wurde. Sie kam härter, wenn ein Finger ihren Hintern füllte, während ich sie fickte. Sie liebte es, manchmal bat sie sogar darum. Vielleicht nicht unbedingt mit Worten, aber indem sie meine Hand nahm und sie hinter sich führte. Mutig, wild, leidenschaftlich. Das war unsere Frau.

Sie schlief mit uns, wobei wir uns jede Nacht abwechselten. Ich war noch nie jemand gewesen, der teilte und es war schwer für mich, dabei zuzuhören, wie Knox sie ohne mich fickte. Eines Nachts war mein Schwanz zu hart gewesen, um ihn vernachlässigen zu können und ich hatte mich geweigert, meine Hand zu benutzen. Also hatte ich mich ihnen angeschlossen. Knox hatte es nicht gestört und Eve war erfreut gewesen, das Zentrum unserer Aufmerksamkeit zu sein. Unnötig zu sagen, dass ihre Fähigkeiten im Schwanzblasen täglich besser wurden. Sie war fast dafür bereit, uns beide zur gleichen Zeit zu nehmen. Aber von beiden Ehemännern gleichzeitig erobert zu werden, erforderte nicht nur dass der Körper bereit war, sondern auch der Geist. Sie musste bereit sein, uns noch intimer zu akzeptieren als auf der Heiratsurkunde. Eve war diejenige, die uns verbinden, die uns zu einer Familie machen würde und dafür musste sie bereit sein.

Die erste Woche hatten wir das Haus nicht verlassen. Glücklicherweise hatten Spur und Lane das verstanden und uns Essen vorbeigebracht. Luke Tate hatte derweil unsere Mine überwacht. In der zweiten Woche hatten wir morgens Ausflüge unternommen und Eve jedem in der Stadt vorgestellt. Direkt nach dem Mittagessen waren wir allerdings nach Hause – und ins Bett – zurückgekehrt. In der dritten Woche hatten Piper und Celia darauf bestanden, dass wir unserer Frau eine Pause gaben und sie mit ihnen allein ließen. In der Nacht...nun, in der Nacht wurde sie gut von uns beschäftigt.

Wir konnten sie zwar sexuell befriedigen, aber Eve war eine kluge Frau und brauchte auch eine Aufgabe für die Zeit, in der wir sie nicht fickten. Die Auswahl war allerdings recht klein. Da Curtis Thomkins der Lehrer war und wir nicht gerade Freunde geworden waren, waren die Chancen, dass sie seinen Job, die Kinder zu unterrichten, übernehmen konnte, gering.

Auch wenn Eve anständig und sittsam war – außer wenn wir unsere Hände auf ihr hatten – war sie gut darin, sich mit Leuten anzufreunden. Sie hatte schnell bemerkt, dass es außer den Kindern noch mehr Leute gab, die unterrichtet werden mussten. Als sie uns das erste Mal zur Mine begleitet hatte, hatte sie unsere drei Bergarbeiter kennengelernt. Sie hatte ihnen die Nervosität genommen und mehr über sie erfahren, als Knox und ich jemals über sie gewusst hatten, einschließlich der Tatsache, dass sie Analphabeten waren. Sie kannten die Buchstaben, aber mehr nicht.

Also hatte sie es sich zur Mission gemacht, sie zu unterrichten und die Arbeiter hatten sich gefreut, dass sie das tun wollte. Da wir in einer kleinen Stadt wohnten, hatten sich die Neuigkeiten über ihre Unterrichtsstunden schnell herumgesprochen und andere Männer schlossen sich der Gruppe an. Es war natürlich möglich, dass sie einfach nur im gleichen Raum mit einer hübschen Frau sein wollten, wofür ich ihnen keinen Vorwurf machte. Ich wollte Eve nicht aus den Augen lassen, was der Grund war, warum ich zur Mine zurückkehrte anstatt mich mit Luke Tate zu treffen.

„Exzellent, du hast bist jetzt so große Fortschritte gemacht", lobte Eve.

Sie saß Ed, einem der Bergarbeiter, am Tisch gegenüber.

Eine verruchte Frau

Drei andere befanden sich im Raum und lasen etwas vor, aber sehr leise, um die anderen nicht zu stören.

Neben der Mine hatten wir ein Gebäude mit mehreren Räumen, einschließlich unserer Büros, gebaut. Eve hatte den äußeren Gruppenraum für ihre Erwachsenenschule in Beschlag genommen. Sie sah zu mir, als ich aus dem Büro trat – genauso wie die Männer, aber deren Aufmerksamkeit war mir egal – und lächelte.

Mich an.

Himmel, es fühlte sich unglaublich an, dass mir diese Frau ihr Lächeln schenkte. Ihr kehliges Lachen. Ihr freundliches Wesen. Ihren Körper, ihr lustvolles Keuchen. Ihre Orgasmen. Dass ich all das mit Knox teilen konnte, machte es nur noch besser.

Er war hier auch irgendwo. Keiner von uns konnte sich lange von ihr fernhalten. Auch wenn die Bergarbeiter ein ungehobelter Haufen waren und wir sie beaufsichtigen wollten, wenn sie mit Eve zusammen waren, so hatten sie sich ihr gegenüber nur höflich verhalten. Sie hatte jeden einzelnen von ihnen um ihren kleinen Finger gewickelt, genauso wie sie es mit Knox und mir gemacht hatte.

„Mrs. Dare, kann ich Sie für einen Moment sprechen?", fragte ich.

Die anderen Männer sahen hoch und Eve hob eine zarte Augenbraue. „Oh?"

„Ja." Ich nickte. „Es ist eine sehr dringende Angelegenheit."

„Na schön. Ich denke, das ist alles für heute, Gentlemen", sagte sie und erhob sich.

Die Männer standen ebenfalls auf, dann schlossen sie ihre Bücher und verabschiedeten sich von ihr.

„Du weißt, wie man einen Raum leert", rügte sie mich mit einem sanften Lächeln. Sie kam zu mir, schob ihre Brille die Nase hoch und küsste mich auf die Wange. Der

Kuss war keusch, dennoch erfreulich. Ehrlich und gerne gegeben, aber er war nicht genug. Ihre Hand nehmend, zog ich sie durch den Raum und in Knox' Büro, dessen Tür ich hinter uns schloss, vielleicht mit etwas mehr Kraft als nötig.

„Jed, was – "

Ich drehte sie herum, drückte sie gegen das harte Holz, griff nach unten und wanderte mit meiner Hand ihr Bein hoch.

Ihr Kopf schlug gegen die Tür, als sie zu mir hochsah.

„Du siehst in diesem Kleid, der Brille, dem strengen Knoten so verdammt sittsam aus." Meine Hand wanderte höher. „Ich möchte mich nur vergewissern, dass du darunter nicht so sittsam bist, dort, wo nur ich dich sehen kann."

„Und ich", warf Knox hinter meinem Rücken ein und ich hörte, wie einer der Schreibtischstühle knarrte, als er sich erhob und sich neben mich stellte. „Trägst du heute ein Höschen, Süße?"

Sie schüttelte den Kopf und ich spürte die Wahrheit an meinen Fingern, die über ihre Schamlippen glitten. Sie war nackt und feucht.

„Du bist für meinen Schwanz bereit, nicht wahr?"

Sie sah weg, errötete und begegnete dann meinem Blick. Nach allem, was wir während der vergangenen Wochen mit ihr getan hatten, war ich überrascht, dass sie manchmal immer noch unschuldig errötete. „Immer."

„Braves Mädchen."

Ich öffnete meine Hose, zog meinen Schwanz heraus.

„Jetzt? Hier?", flüsterte sie.

Mit einer Hand hielt ich ihr Kleid hoch und packte ihre Taille. Mein anderer Arm lehnte an der Tür, sodass sich unsere Gesichter ganz nah waren, so nah, dass ich nicht anders konnte, als sie zu küssen. In ihr zu versinken. Ihre Küsse waren nicht mehr zögerlich, ihre Hände wanderten

Eine verruchte Frau

über meinen Körper, umfassten sogar meinen Hintern und zogen meinen Schwanz näher zu sich.

„Hier. Jetzt", wiederholte ich.

„Ja, ich kann deine dringende Angelegenheit fühlen", hauchte sie.

Ihre runden Pobacken umfassend, hob ich sie hoch, führte meinen Schwanz an ihren gierigen Eingang und senkte sie auf mich. Unser Stöhnen vermischte sich. Ich hörte, wie sich Knox gegen den Schreibtisch lehnte, aber schenkte ihm keine Beachtung. Ich steckte bis zu meinen Eiern in meiner Frau. Sie war heiß und feucht und so verdammt eng. Ihre inneren Wände zogen sich zusammen und molken den Samen förmlich aus mir und ich hatte mich noch nicht einmal bewegt.

„Wirst du nicht teilen?", erkundigte sich Knox.

Meine Hände glitten über ihren Arsch, sodass mein Finger über ihre gekräuselte Rosette streicheln konnte.

„Jetzt?", fragte sie. Ihre Stimme war atemlos, als wäre sie begierig, es zu tun, aber ich konnte die Nervosität auf ihrem Gesicht sehen.

„Nicht so. Noch nicht. Bald."

Ich hob und senkte sie ein paar Mal, machte meinen Schwanz glücklich, während ich gegen ihren Hintereingang drückte und ihre Lust ankurbelte, dann zog ich sie vollständig von mir. Mit einem Arm um ihre Taille geschlungen, trug ich sie zum Schreibtisch, während sie vor Verlangen wimmerte. Knox trat schnell aus dem Weg, damit ich sie umdrehen und über die harte Oberfläche beugen konnte.

„Verdammtes Kleid. Nackt mag ich dich lieber", grummelte ich und zog noch einmal am Saum ihres Kleides, sodass es sich um ihre Taille bauschte. Ihr Po war umwerfend, üppig und rund. Ihre feuchten Schamlippen blitzten darunter leicht hervor und ich konnte keine

Sekunde mehr warten. Ich stupste ihre Füße auseinander und beugte mich über sie, sodass meine Brust gegen ihren Rücken drückte, während ich in sie glitt. Ich liebte das Wissen, dass wir nur so weit entblößt waren, dass wir ficken konnten. Mehr nicht.

„Ja", schrie sie und ihr Kopf hob sich. Knox war um den Tisch getreten und stand jetzt direkt vor ihr, wo er seine Hose aufknöpfte und seinen Schwanz herauszog.

„Zeig mir, was du gelernt hast, Süße."

Knox stöhnte, als Eve über ihre Lippen leckte und nicht zögerte, ihn in ihren Mund zu nehmen. Wir hatten ihr beigebracht, wie sie uns befriedigen konnte, wenn sie auf ihren Knien war. Sie musste nicht *alles* aus einem Buch lernen und hatte die Aufgabe wie ein Genie gemeistert. Aber dass sich Knox in ihrem Mund befand, während ich ihre Pussy fickte, war neu.

Mein Orgasmus formte sich als harter Hitzeknoten am Ende meiner Wirbelsäule. Meine Hoden zogen sich zusammen und ich hatte gerade erst angefangen, sie zu ficken. Der Winkel, zu sehen, dass sie Knox' Schwanz so tief wie sie konnte aufnahm, trieb mich direkt auf den Höhepunkt zu. Sie war ein Naturtalent. Ich bewegte mich in langsamem Tempo, damit ich zumindest eine Minute durchhalten würde, aber als sie anfing, sich zurück gegen mich zu drücken und ihre inneren Wände pulsierten, konnte ich mich nicht zurückhalten. Ich packte ihre Hüfte und stieß in sie, während mein Schwanz und mein Orgasmus, der jeden Gedanken aus meinem Gehirn blies, meine Bewegungen steuerten.

Mit einem Stöhnen und einem harten Stoß kam ich, füllte sie bis zum Anschlag mit meinem Samen.

Nur meine Hand auf dem Schreibtisch bewahrte mich davor, sie zu zerquetschen. Meine Knochen waren geschmolzen und ich rang nach Luft. Es war durchaus möglich, dass ich erblindet war. Aber Eve war nicht gekommen und das war meine Aufgabe.

Als ich mich von ihr löste, wimmerte sie, was Knox zum Stöhnen brachte.

„Tut mir leid, du warst einfach viel zu heiß, als dass ich mich hätte zurückhalten können. Keine Sorge, du wirst kommen", schwor ich ihr.

Mit meinen Fingern glitt ich über ihre geschwollenen Falten, sammelte meinen Samen, der aus ihr glitt. Die reichlich vorhandene Flüssigkeit machte es für mich sehr leicht, in ihre Pussy einzudringen und die harte Erhebung zu finden, die wie ein kleiner Knopf war. Als ich ihn drückte, meine Finger darüber krümmte, explodierte sie wie Dynamit aus der Mine.

Eine Sache, die wir über Eve herausgefunden hatten, war, dass sie eine Schreierin war. Sie hielt ihre Leidenschaft nicht zurück. Aber im Minenbüro musste sie ihr Vergnügen vor allen außer uns geheim halten. Es war gut, dass sie Knox' Schwanz im Mund hatte, der ihre Laute dämpfte, da sie stöhnte und den Tischrand umklammerte, als sie auf meinen Fingern kam. Ihre Augen waren geschlossen und ein Hauch von Rosa kroch über ihre Haut, sogar über ihren nach oben gewandten Hintern.

„So perfekt", lobte ich sie. „Noch einmal, aber hier."

Ich glitt mit meinen nassen Fingern aus ihrer Pussy, um mit ihrem Hintern zu spielen, ihn zu umkreisen, in sie einzudringen. Ich fickte sie dort mit meinem Finger, während meine andere Hand ihren Kitzler fand. Sie war so verdammt reaktionsfreudig, dass sie wieder kam, fast sofort.

Knox befand sich in keinem Zustand, um sie dafür zu loben, dass sie so schön gekommen war. Sie summte und stöhnte um seinen Schwanz und mit einem vorsichtigen, dennoch tiefen Stoß kam er. Seine Nackenmuskulatur war angespannt, seine Haut gerötet, seine Hüften zuckten. Ich wusste, wie es sich anfühlte, in Eves Kehle zu kommen und ich konnte an ihrem Hals sehen, wie sie schluckte und wusste, dass sie alles von ihm aufnahm.

Knox zog sich zurück und streichelte ihre Haare, während er versuchte, wieder zu Atem zu kommen. Obwohl er gerade in ihrem Mund gekommen war, war sein Schwanz nach wie vor hart und glänzte von ihren Bemühungen. Wir würden niemals genug bekommen.

Eve legte ihren Kopf auf das kühle Holz, leckte über ihre Lippen und rang um Atem.

„Du bist noch nicht fertig", erklärte ich ihr.

„Jed", stöhnte sie. Sie war daran gewöhnt, dass wir sie an ihre Grenzen brachten, dass wir ihrem Körper Orgasmen entlockten, selbst wenn sie dachte, sie könnte keinen mehr ertragen. Ich schob meinen Finger noch tiefer in ihren Arsch, dann zog ich ihn heraus und brachte sie ein weiteres Mal zum Höhepunkt. Ihr Körper spannte sich an, aber nur ein Wimmern entrang sich ihrer befriedigten Gestalt. Wunderschön.

Ich trat zurück, zog ihr Kleid nach unten und bedeckte sie. Knox warf mir einen Lappen zu und ich wischte unsere kombinierten Flüssigkeiten von meinen Fingern. Jemand klopfte an die Tür und Knox trat um den Tisch, um Eve vor Blicken zu schützen.

Er hatte sich bereits wieder hergerichtet, aber ich verstaute noch schnell meinen Schwanz, während ich rief: „Ja?"

„Hier ist jemand für Mrs. Dare."

Ich warf Knox einen Blick zu, der mit den Achseln zuckte. Anschließend halfen wir unserer gut gefickten Frau von unserem Schreibtisch. Ich würde diesen Tisch nie mehr wieder anschauen können, ohne ihren perfekten Hintern zu sehen oder daran zu denken, wie sich ihre Scheidenwände

Eine verruchte Frau

um meinen Schwanz zusammengezogen und mir den Samen aus den Eiern gequetscht hatten.

Knox führte Eve hinter die Tür, sodass man sie nicht sah, als er sie öffnete. Sie war zwar wieder sittsam bedeckt und nur Knox und ich würden wissen, dass ihre Pussy entblößt war und mein Samen aus ihr tropfte, aber ein Blick würde genügen, damit jeder wusste, dass sie gut gefickt worden war. Und das erst vor kurzem.

Es war Thomas, einer der älteren Jungs aus dem Warenladen.

„Mrs. Dare hat Besucher in der Stadt." Er war vielleicht sechzehn, lang und schlaksig, da er noch nicht ganz in seine Größe hineingewachsen war. In einigen Jahren würde er gleich seinem Vater so breit wie ein Fass sein.

„Oh?"

„Ja. Zwei Frauen."

Da sah ich die Veränderung in seinen Augen. Er war alt genug, um an ihnen interessiert zu sein, aber noch nicht erfahren genug, um zu wissen, was er deswegen unternehmen sollte.

„Aus der Stadt?"

Er schüttelte den Kopf, seine dunklen Haare fielen ihm in die Stirn.

„Nein, Sir. Sie sagten, sie wären ihre Schwestern."

Ich hörte Eve keuchen, aber sah nicht zu ihr. Schwestern? Sie hatte uns von ihren zwei bösartigen *Stiefschwestern* erzählt, aber aufgrund der Geschichten bezweifelte ich, dass sie jemals hierherkommen würden. Aber wer könnte es sonst sein?

„Sehr schön. Wir werden bald zum Warenladen kommen."

Thomas nickte, dann ging er.

„Meine *Schwestern*?", echote Eve.

Ich drehte mich zu ihr. Das postkoitale Leuchten war von

ihren Wangen gewichen und ich wollte allein deswegen mit den Frauen schimpfen. Oder wer auch immer es war, der dafür sorgte, dass meine Frau erbleichte.

Ich merkte, dass sie nachdachte und das ziemlich angestrengt. „Marina und Tara sind hier?"

Sie lief zur Tür.

„Warte, Süße." Knox ergriff ihren Ellbogen und sie sah über ihre Schulter zu ihm. „Du bist jetzt nicht mehr allein."

„Ja, ich weiß und ich bin euch dankbar dafür. Sie wollen etwas. Ansonsten wären sie nicht hier."

„Dann verwende deinen Verstand. Falls nötig, werden wir die Muskeln zur Verfügung stellen."

Sie lächelte zu ihm hoch. „Ich hatte ein paar Lektionen bei Piper, also bin ich eventuell in der Lage, selbst für mich einzustehen."

Ich stöhnte. „Wir haben dich gerade gefickt, also wissen wir, dass du keine Pistole bei dir trägst. Was hat unsere Schwester dir beigebracht?"

Eve hob ihre Hand und ballte sie zu einer Faust.

Knox fluchte unterdrückt und hielt ihr die Tür auf. „Nach dem, was du uns über deine Stiefschwestern erzählt hast, tu dir keinen Zwang an und verpass ihnen einen ordentlichen Kinnhaken."

Das waren auch meine Gedanken.

11

ve

DIE ERREGUNG MEINER MÄNNER LIEß JEDES MAL NACH, WENN Piper erwähnt wurde. Jetzt verstand ich warum. Ich hatte Glück, dass ich bereits drei Mal gekommen war – meine Ehemänner bestanden jedes Mal darauf – denn der Gedanke, dass Marina und Tara in Slate Springs waren, ließ jegliche zärtlichen Gefühle in meinem Körper absterben. Auch wenn Jed und Knox sehr talentiert darin waren, mich zu befriedigen und äußerst gut darin, mir sämtliche Gedanken aus dem Kopf zu fegen, glaubte ich nicht, dass sie die Kraft hatten, die zwei auszulöschen.

Es konnte nicht verhindert werden, dass die zwei Frauen beim Warenladen auf mich warteten. Zwei Frauen, die behaupteten, sie wären meine Schwestern. Wer könnte es sonst sein außer ihnen? Und warum? Wir machten uns auf den Weg durch die Stadt, die Hauptstraße entlang. Mit jedem Schritt, den wir uns ihnen näherten, wurde ich zunehmend verwirrter. Sie hatten gewollt, dass ich aus Clancy verschwinde und hatten mit sorgfältiger und rücksichtsloser Planung dafür gesorgt. Für sie war es keine überstürzte Entscheidung gewesen. Sie hatten es monatelang gewusst, da sie der Versandbrautagentur hatten schreiben und die Zugfahrkarte hatten kaufen müssen. Wenn sie mich so verzweifelt hatten loswerden wollen, warum waren sie jetzt hier?

Ich wurde von meinen Männern flankiert und spürte ihren Beschützerdrang. Normalerweise trat er bei einem ungebärdigen Bergarbeiter oder einem Betrunkenen, der aus dem Saloon taumelte, auf. Dann blockten sie mich stets vor der ungewollten Aufmerksamkeit ab und gingen sogar so weit, den Fokus des Mannes auf Knox' Faust zu lenken. Das funktionierte bei diesen Männern gut, aber ich sollte keinen Schutz vor zwei Frauen meiner Größe brauchen. Tara und Marina waren jedoch starke und furchterregende Gegner. Was sie mir in der Vergangenheit angetan hatten, war beeindruckend. Rücksichtslos. Zur Hölle – wie Knox sagen würde – sie waren der Grund dafür, dass ich überhaupt nach Slate Springs gekommen war. Der Rest, dass ich mit Jed und Knox verheiratet war und es liebte, war eine glückliche Fügung des Schicksals.

Niemand saß auf der Bank vor dem Laden, als wir die Straße hinabliefen, aber die Frauen traten nach draußen und wandten sich in unsere Richtung, die Hände identisch an ihren Taillen gefaltet.

Widerwille brodelte in meinem Magen, während Wut mein Herz versengte. Obwohl die Sonne hell schien und die Luft ziemlich warm war, bildete sich bei ihrem Anblick Gänsehaut auf meinen Armen.

„Nach dem Geräusch zu schließen, das du gerade gemacht hast, nehme ich an, dass das deine Stiefschwestern sind?", erkundigte sich Knox mit gesenkter Stimme. Ich hatte gar nicht gemerkt, dass ich ein Geräusch gemacht hatte. „Du hast wie eine verwundete Wildkatze geklungen. Keine Sorge, Süße. Wenn du sie mit gezückten Krallen anspringen willst, werden wir dir den Rücken freihalten."

Ich hörte auf zu laufen und hob mein Kinn, um zu ihm hochzuschauen. Er zwinkerte mir zu, dann streichelte er mich unterm Kinn. Der Humor seiner Worte brachte mich zum Lächeln und machte mir bewusst, dass ich nicht zu meiner eigenen Hinrichtung lief, sondern nur meinen Stiefschwestern gegenübertreten würde. Ich wollte nichts lieber tun, als auf Taras Rücken zu springen und ihr die Haare auszureißen, weil sie meine Lehrerstelle übernommen hatte. Ich wollte Marina eins auf die Nase geben, weil sie einen Versandbräutigam für mich organisiert hatte. Aber zu wissen, dass meine Männer voll und ganz hinter diesen Wunschvorstellungen standen, ließ es einfach nur…witzig erscheinen.

„Ich bin mir sicher, dass wäre ein denkwürdiger Anblick für all die Männer in der Stadt."

„Sie würden keine Fragen stellen, wenn Piper das machen würde, aber du? Du solltest vielleicht zuerst fragen, warum sie hier sind", riet mir Jed.

Weise Worte. Ja. Erst fragen, dann schlagen und Haare ausreißen.

„Na schön." Ich nickte entschlossen und holte zur Beruhigung tief Luft.

„Eve!", sagte Tara mit kratziger, dennoch überraschend fröhlicher, Stimme. Beide lächelten und liefen mit ausgestreckten Armen auf mich zu.

Ich erstarrte an Ort und Stelle, starrte sie an. Ein solches Verhalten hatte ich an ihnen noch nie gesehen.

Tara erreichte mich als erste und umarmte mich fest. Marina schubste sie aus dem Weg, damit sie mich ebenfalls in eine feste Umarmung ziehen konnte. Der schwere Duft ihres Rosenparfüms füllte die Luft und ich verzog bei ihrer groben Behandlung das Gesicht. Es war, als hätten sie noch nie zuvor jemanden umarmt und die Handlung wäre neu für sie. Das hätte auf mich vor kurzem auch noch zugetroffen, aber während des vergangenen Monats war ich sehr häufig von Knox und Jed gehalten worden. Ich genoss eine einfache Umarmung von ihnen genauso sehr wie ihre sexuelleren Aufmerksamkeiten. Nun, vielleicht nicht ganz so sehr.

Als sie zurücktraten, nahm ich mir einen Moment, um sie anzuschauen, sie zu mustern. Sie waren beide perfekt hergerichtet, ihre Kleider – Taras hell und Marinas dunkel, um zu ihrer Haarfarbe zu passen – hatten jedoch Falten und wiesen Spuren einer Reise auf. Dennoch passte ihre Kleidung, die der neusten Mode entsprach, genauso wenig in eine kleine Bergstadt wie sie. Ihre Blicke lagen nicht auf mir, sondern auf Jed und Knox. Ich kannte diesen Blick, der verführerische Augenaufschlag, das sanfte Lächeln. Sie wollten ihre Aufmerksamkeit, wollten von ihnen hofiert werden.

„Was macht ihr hier?", wollte ich mit gerunzelter Stirn wissen. Ganz plötzlich fühlte ich mich schrecklich, mein Magen drehte sich um, weil ich sie wiedersah. Der Rosenduft war widerlich.

Mir wurde bewusst, dass ich nie einen Schlussstrich unter das, was sie mir angetan hatten, hatte ziehen können. Ich hatte das Treffen mit dem Stadtrat von Clancy gehabt, kurz bevor ich in einen Zug nach Denver gestiegen war. Ich hatte keine Zeit gehabt, um nach Hause zu gehen, um einige meiner Sachen mitzunehmen außer denen, die sie mir in die kleine Tasche gepackt hatten. Ich hatte mich nicht bei denjenigen, die ich zu meinen Freunden gezählt hatte, verabschieden können.

Tara sah zu Marina, die ihre Lippen schürzte. Mir

entging nicht, dass ihre Fingerknöchel weiß wurden, weil sie ihre Hände so fest zusammenpresste.

Jed und Knox hatten weder ein Wort gesagt noch waren sie von meiner Seite gewichen. Andere traten aus dem Warenladen und ich konnte über Marinas linke Schulter sehen, dass uns Mr. Beebe, der Ladenbesitzer, aufmerksam aus dem Türrahmen beobachtete. Bergarbeiter standen auf dem Gehweg auf der anderen Straßenseite und fragten sich zweifellos, wer die zwei neuen Frauen waren. Sie waren ein seltener Anblick und noch dazu hübsch, was eine noch seltener Freude war.

„Eine Woche, nachdem du gegangen bist, ist Mutter von einem Pferd gefallen und gestorben", antwortete Marina schlicht. Ein Taschentuch aus ihrem Ärmel ziehend, tupfte sie damit über ihre Augen. Tara, die das sah, imitierte diese Handlung.

Ich hätte irgendetwas bei der Nachricht über Victorias Ableben empfinden sollen, aber es fiel mir schwer, irgendeine Art von Trauer in mir zu finden. Sie war eine gemeine Frau gewesen, die gemeine Töchter großgezogen hatte. Auch wenn ich mein Leben in Clancy vermisste, vermisste ich die drei nicht. Kein bisschen. Warum war ausgerechnet der schlimmste Teil meines alten Lebens in Slate Springs aufgetaucht?

„Es tut mir leid, das zu hören", erwiderte ich höflich. „Das beantwortet aber nicht die Frage, warum ihr hier seid."

„Wirst du uns deinen…Freunden nicht vorstellen?" Sie gafften Jed und Knox an, als hätten sie noch nie zuvor Männer gesehen.

Mit meiner linken Hand ergriff ich Jeds Arm. „Marina und Tara Jamison, darf ich euch Knox und Jed Dare vorstellen?"

„Wo ist Mr. Thomkins?", fragte Marina, während sie die Männer beäugte, als wären sie das Abendessen, über das sie herfallen wollte. „Ich hatte angenommen, dass du von ihm begleitet werden würdest."

Jed und Knox tippten sich zum Gruß an die Hüte, aber schwiegen.

„Wie Victoria ist auch Mr. Thomkins verstorben."

Tara starrte mich mit großen Augen an, dann lachte sie. „Wirklich? Du konntest nicht einmal eine erfolgreiche Ehe führen."

Mein Mageninhalt wanderte meine Kehle hoch und ich schluckte hart. Schweiß stand mir auf der Stirn und der Speichel in meinem Mund war seltsam heiß. Ich fühlte mich, als würde ich mich gleich übergeben. Ich durfte jetzt aber keine Schwäche zeigen, nicht vor diesen beiden. Wenn sie bemerkten, dass mich ihre Worte trafen, würden sie sich mit ganzer Kraft auf diese Schwäche stürzen.

Marina trat zu Jed und legte ihre Hand auf seine Brust. Das war ziemlich dreist und der verschmitzte Blick, den sie ihm zuwarf, war voll weiblicher Verheißung. Aber als Jed ihr Handgelenk umfasste und es von sich zog, verblasste ihr Lächeln.

„Ich werde nicht gerne von fremden Frauen angefasst", sagte er.

„Mr. Dare ist mein Ehemann, Marina." Ich hätte ihr erzählen können, dass Knox das ebenfalls war, aber diese Informationen würde ich ihnen nicht verraten…noch nicht. Während einem unserer vielen Besuche hatte Piper mir etwas über einen Pokerbegriff erklärt, dass man nicht all seine Karten offen auf den Tisch legen sollte. Ich hatte nicht verstanden, was sie damit gemeint hatte, bis jetzt.

Ihr anzüglicher Blick verschwand vollständig, während sie Jed ein weiteres Mal betrachtete. „*Er* ist dein Ehemann?"

Ich nickte, wischte meine Hände an meinem Kleid ab und schlang sie dann um meine Taille. Es bestand kein Zweifel,

Eine verruchte Frau

dass sie verblüfft waren, dass ich jemanden so Gutaussehenden wie Jed hatte heiraten können.

„Ich bin der Glückliche", erklärte Jed ihr. „Ich glaube, dass meine Frau Ihnen eine Frage gestellt hat."

„Oh?", fragte Tara.

„Was machen Sie hier in Slate Springs?", wiederholte er.

„Vielleicht sollten wir diese Konversation im Privaten weiterführen", schlug Marina vor, wobei sie sich zu mir beugte und ihre Stimme senkte.

Ich schüttelte den Kopf. „Nein. Wir werden sie hier führen."

Beide Frauen schauten mich geringschätzig an. „Na schön", sagte Tara steif. „Mutter hat ziemlich viele Schulden hinterlassen. Die Bank hat das Haus und alles andere verkauft, um sie zu begleichen. Wir…wir haben keinen anderen Ort, an den wir gehen können."

„Das Haus ist weg?"

Sie nickten einheitlich, wobei Taras blonde Löckchen, die unter ihrem Hut hervorlugten, hüpften. Das Haus meines Vaters und all die Erinnerungen an ihn, die damit verbunden gewesen waren, gehörten jetzt der Bank von Clancy.

„Die Kutsche, der Wagen, die Möbel", zählte ich auf.

„Weg."

„Ihr hättet in Clancy bleiben können, vielleicht im Haus der Lehrerin, das du in Beschlag genommen hast?"

„Oh, nein. Der Skandal", sagte Marina.

Ich drückte meine Finger auf meinen Mund, da ich Angst hatte, ich würde mich gleich übergeben. „Es ist doch irgendwie ironisch, findet ihr nicht? Dass ihr mich wegen eines nicht vorhandenen Skandals aus der Stadt vertrieben habt, nur um dann selbst von dort verschwinden zu müssen?"

„Ich habe dir bereits vor Jahren erklärt, dass die Verwendung von großen Worten wie…ironisch, dich abgehoben und schwierig wirken lässt", meinte Tara. Sie sah mich aus schmalen Augen an. „Du siehst nicht sehr gut aus."

Jed und Knox sahen beide auf mich hinab, Jed drehte mich, sodass ich ihn ansah. „Geht's dir gut? Du bist sehr blass."

„Mir ist schlecht."

Jed warf den Frauen einen Blick zu und sein Mundwinkel verzog sich nach unten. „Da mache ich dir keinen Vorwurf."

„Ich nehme an, dein toter Ehemann hatte ein Haus, das ihr euch geteilt habt. Wir werden dort leben, damit wir deine *neue* Ehe nicht stören."

Mein Mund klappte bei ihrer Dreistigkeit auf. Niemand würde sich so wie sie selbst einladen.

„Marina, Mr. Thomkins' Haus wurde – "

Ich wollte ihnen erzählen, dass es bei dem Felsrutsch, der auch ihn getötet hatte, zerstört worden war, aber Jed übertönte mich.

„Das Haus liegt in der Union Street, zwei Blöcke in diese Richtung." Jed deutete über Taras Schulter.

Sie sah zu Knox, eindeutig nicht mehr an Jed interessiert, da er mein Ehemann war.

„Eine Begleitung würden wir sehr zu schätzen wissen."

Ich sah Tara mit wütend zusammengekniffenen Augen an.

Sie stand ganze zwei Minuten vor mir und hatte bereits ein Auge auf meine Männer geworfen!

Jed nahm meine Hand und drückte sie. Er schaute zu mir und zwinkerte.

Ich holte tief Luft, atmete sie aus und versuchte, das Verlangen, ihr die Nase einzuschlagen zu unterdrücken und mich nicht zu übergeben.

„Ich bin mir sicher, das würden Sie", erwiderte Knox und sah zu den Bergarbeitern auf der anderen Straßenseite. „Simms, Partridge, Abel!", rief er. Ich lebte erst seit einem

Eine verruchte Frau

Monat in der Stadt und musste erst noch mit allen Bekanntschaft machen oder ihre Namen lernen, insbesondere da mich meine Männer so sehr beschäftigt hatten, aber ich war mir sicher, dass mich jeder kannte. Eine neue Frau, die mit dem kürzlich verstorbenen Mr. Thomkins verheiratet war und dann fast sofort die Dare Brüder geheiratet hatte. Ich war eine Neuheit.

Die Männer rannten mehr oder weniger über die Straße, äußerst begierig, vorgestellt zu werden. In ihrer Eile stolperten sie fast über ihre eigenen Füße. Anschließend nahmen sie ihre Hüte ab, um den Jamison Schwestern zuzunicken und sie anzulächeln.

„Bitte begleitet die Jamisons zu Melvin Thomkins' Haus."

„Sie können uns nicht begleiten?", fragte Tara und sah zu Knox hoch, wodurch ihr die Verwirrung auf den Gesichtern der Männer bei seiner Forderung entging. Denn sie wussten nur allzu gut, was mit dem Haus passiert war.

„Nein."

„Sie wünschen, dort zu wohnen, so lange sie in der Stadt sind", erklärte Knox den Männern. „Wenn es nicht ihren Gefallen findet, bin ich mir sicher, dass ihr drei ihnen dabei helfen könnt, etwas Passenderes zu finden."

Die Männer grinsten, da sie Knox' Botschaft verstanden. Wenn die beiden erst einmal das zerstörte Haus sahen, wären die Bergarbeiter in der Lage, den Frauen ihre Hilfe anzubieten. Ob das bedeutete, dass sie sie zum Gästehaus brachten oder heirateten, war mir egal. Ich war nicht der Meinung, dass es irgendjemand verdiente, eine der Frauen zu heiraten, aber wenn die drei nicht intelligent genug waren, um ihre wahre Persönlichkeit zu sehen, dann verdienten sie die Ehe mit ihnen.

Obwohl ich wusste, dass die Frauen woanders hingehen würden, zumindest für den Moment, fühlte ich mich nicht besser.

„Du warst immer freundlich zu den Bedürftigen von Clancy. Wir sind jetzt Bedürftige Eve und du wirst dich um uns kümmern", verkündete Marina.

Ich schluckte, wischte mit einer Hand über meine feuchte Stirn. Jeds Hand legte sich auf meine Hüfte und ich fühlte mich beruhigt, aber nicht besser.

„Wir haben von unserer Begleitung auf dem Weg von Jasper hierher gehört, dass du jetzt eine wohlhabende Frau bist. Eine Menge Geld, das du mit deiner bedürftigen Familie teilen kannst."

Mehr ging nicht. Ich konnte ihnen keine Sekunde länger zuhören. Ich fühlte mich schrecklich und ich wollte mich einfach nur mit einem kühlen Umschlag hinlegen. „Marina", begann ich, um ihr zu sagen, dass sie gehen sollte, aber mein Mageninhalt fing wieder an, meine Kehle hochzuwandern.

„Was?" Sie trat nach vorne, sodass sie vor mir stand und sah mich spöttisch mit ihrer bösartigen Überlegenheit an. „Nun?"

Ich antwortete nicht. Stattdessen erbrach ich mich auf die Vorderseite ihres Kleides.

12

nox

„Fühlst du dich besser?", fragte ich, während ich mich mit der Hand auf das Bett stützte, damit ich mich über Eve beugen konnte.

Sie *sah* besser aus. Ich schwöre, sie war so weiß wie ein Gespenst geworden, kurz bevor sie ihren Magen auf das Kleid dieses Miststücks entleert hatte. Das hatte nicht Pipers Vorgehensweise entsprochen, die die Frau geschlagen oder ihre Pistole auf sie gerichtet hätte, aber Eves Tat war ziemlich effektiv gewesen.

Sie nickte.

„Wenn deine Stiefschwester kreischt, klingt sie wie eine verbrühte Katze."

Eves Lippen hoben sich genauso, wie ich es gehofft hatte. „Hast du denn schon viele verbrühte Katzen gehört?"

„Nein und ich habe auch noch nie eine Frau ein solches Geräusch machen hören."

Nachdem sie Marina Jamisons Kleid ruiniert hatte, hatte ich Eve in meine Arme gehoben und sie nach Hause getragen, ohne anzuhalten, bis wir in meinem Schlafzimmer waren. Die Bergarbeiter konnten sich um die Frauen kümmern.

„Ich auch nicht", sagte Jed, der mit einer dampfenden Tasse Tee in den Raum trat. Er stellte sie auf den Tisch neben dem Bett, dann setzte er sich, wobei seine Hüfte gegen meinen Schenkel drückte.

„Ich bin überrascht, dass du nicht einfach von zu Hause weggelaufen bist wie Piper", merkte ich an. „Du hattest mehr Gründe dafür, als sie jemals hatte."

Eve zuckte mit ihren nackten Schultern. Ich hatte ihr das Kleid ausgezogen, bevor ich sie ins Bett gesteckt hatte, neben dem eine Porzellanschüssel stand, nur für den Fall. „Ich bin nicht so abenteuerlustig wie sie."

Jed schnaubte und ich stimmte ihm aus ganzem Herzen zu. „Du hast dich den Lügen dieser Frauen gestellt, hast einen Zug genommen, um einen Mann zu treffen, mit dem du verheiratet worden bist. Hast erfahren, dass er gestorben ist und kurz darauf wurdest du mit uns verheiratet. Ich würde sagen, das ist sehr abenteuerlustig."

„Ist dir schlecht?" Ich legte meine Hand auf ihre Stirn, aber sie war kühl.

Sie schüttelte den Kopf. „Ich fühle mich jetzt viel besser. Gut, wenn ich es recht bedenke."

„Das war dann merkwürdig. Ist es üblich, dass du dich auf deine Familie übergibst?", fragte Jed.

„Das war das erste Mal, allerdings…habe ich mich gestern ebenfalls übergeben."

Ich stieß mich vom Bett ab und marschierte zur Tür. „Ich hole Spur."

„Nein, tu das nicht", rief sie. „Ich brauche keinen Arzt. Ich bin nicht krank."

Eine verruchte Frau

Ich wirbelte herum. Ich würde mir keine Ausreden anhören, warum sie den Arzt nicht aufsuchen sollte. Ich kannte Leute, die sich geweigert hatten, zum Arzt zu gehen und eine Woche später waren sie tot gewesen. Sie kannte Spur und sollte keine Angst vor ihm haben.

„Was sollte es denn sonst sein?", fragte ich. Als mein Blick zu Jed wanderte, sah ich, dass er breit grinste. Tatsächlich sah er leicht lächerlich aus. „Was zur Hölle stimmt nicht mit dir?"

„Sieht aus, als wäre ich der Dare Bruder mit dem Gehirn", stellte er fest.

Eve schaute zu Jed und lächelte ebenfalls. Tränen rannen über ihre Wangen. Ich ballte meine Hände zu Fäusten, der Rauch pfiff mir schon fast aus den Ohren wie bei einer Dampflock. „Was geht hier vor sich?", schrie ich.

„Ich bin schwanger."

„Sie ist schwanger."

Eve und Jed sprachen gleichzeitig.

Jegliches Blut musste mir aus dem Kopf geflossen sein, denn ich dachte, ich würde vornüberkippen. Ich war schockiert gewesen, als unsere Eltern gestorben waren. Ich war schockiert gewesen, als wir herausgefunden hatten, dass Piper weggelaufen und nicht zum Haus einer Freundin gegangen war, wie wir gedacht hatten. Ich war schockiert gewesen, als ich Eve zum erste Mal gesehen hatte, wie sie mit der Nase in einem Buch auf der Bank in Jasper gesessen hatte. Aber das…

„Ein Baby?"

Eve nickte.

„Bist du dir sicher?"

Sie verdrehte die Augen. „Ihr zwei wart genug mit mir zu Gange. Ich muss kein Buch lesen, um zu wissen, wie ein Baby gezeugt wird – zumindest nicht mehr – oder über die Symptome, die damit einhergehen, eines zu bekommen."

Ein Baby? Ich war zuvor schon geschlagen worden.

Einige Male. Hart genug, um einen Zahn zu verlieren oder auf dem Boden aufzuwachen. Aber das war nichts gewesen im Vergleich zu den Gefühlen, die mich jetzt durchströmten. Eve hatte mir eine Bahnschwelle über den Schädel gezogen, samt Nägeln und allem. Ein verdammtes Baby!

„Das ging schnell", stelle ich fest. Ich lief um das Bett, ließ mich auf der gegenüberliegenden Seite von Jed fallen und landete schwer auf der Matratze, als könnten mich meine Füße nicht länger tragen.

Eve lachte. „Schnell? Ihr zwei macht *das* nicht gerne schnell."

Ich musste einfach grinsen, während ich die Vorstellung verarbeitete, dass wir unsere Frau mit so viel Samen gefüllt hatten, dass er Wurzeln geschlagen hatte. „Wie wahr." Ich beugte mich zu ihr und streichelte ihre Wange. „Wenn wir dich ficken, lassen wir uns gerne Zeit, stellen sicher, dass du hart und oft kommst."

Sie errötete bei meinen Worten, aber wirkte zufrieden. „Ihr wirkt beide ziemlich stolz auf euch."

Ich sah zu Jed, der wahrscheinlich den gleichen verblüfften, verwunderten Gesichtsausdruck zeigte wie ich. „Absolut", antwortete Jed und verschränkte die Arme vor der Brust. „Hat sich dein Magen jetzt beruhigt?"

Sie nickte. „Wie gestern – "

„Gestern?", fragte Jed, setzte sich aufrecht hin und legte seine Stirn in Falten.

Eve runzelte ebenfalls die Stirn. „Ja, ich habe euch doch erzählt, dass ich mich gestern auch übergeben habe. Ich fürchte, ich werde mich noch für einige Zeit übergeben müssen. Aber ja, *gestern*, ging es mir sofort besser. Ich denke, das Baby teilt mir einfach nur ihre Existenz mit."

„Ihre?" Ich erhob mich und begann durch den Raum zu tigern. „Ein Mädchen? Weißt du wie Männer sind? Wir werden sie erschießen, wenn einer sie auch nur ansieht."

Eine verruchte Frau

Eve lachte und ich spürte, wie ihre Hand meine packte und mich festhielt. Sie sah mit ihren grünen Augen zu mir hoch. „Sie wird zwei Väter haben, die auf sie aufpassen und eine pistolenschwingende Tante."

Ja, sie würde gut beschützt werden. „Es könnte auch ein Junge sein", fügte ich hinzu.

Sie antwortete nicht auf diese Aussage, da sie, auch wenn sie das Baby in sich trug, das Geschlecht genauso wenig kannte wie wir. „Bist du dir sicher, dass du dich gut fühlst?", fragte ich, krabbelte auf dem Bett zu ihr und zog sie dann unter mich, wobei ich vorsichtig darauf achtete, dass ich mein Gewicht nicht auf sie legte.

Sie hob ihre Hand und streichelte über meinen Bart. „Bis um diese Uhrzeit morgen, wie es scheint."

Ich griff unter die Decke und schob den Saum ihres Nachthemdes hoch.

„Knox, was machst du da?"

„Deine Pussy noch ein bisschen mehr füllen."

Der Gedanke, dass sich ihr Bauch mit unserem Kind runden würde, ließ mich ganz heiß und gierig nach ihr werden. Es war eine Neandertaler-Tat, aber das war mir egal. Ich hatte meine Frau – mit Jed – erobert und unser Samen hatte Wurzeln geschlagen. Das war einer der elementarsten Aspekte des Lebens und sorgte dafür, dass ich sie noch mehr wollte. Ich konnte vorher bereits meine Hände nicht von ihr lassen, aber jetzt?

„Mehr? Ihr zwei hattet mich vor gerade einmal zwei Stunden", entgegnete sie, aber bewegte ihren Körper, um mir dabei zu helfen, das Nachthemd über ihren Kopf zu schieben und es auf den Boden zu befördern. Sie war nicht mehr die schüchterne und nervöse Dame von vor einem Monat.

Ich sah hinab auf ihre Brüste. Voll und üppig, die Nippel waren hübsch rosa und zogen sich vor meinen Augen zusammen.

„Jed, ich glaube, sie sind größer." Ich umfasste eine schwere Brust in meiner Hand. Mittlerweile war ich sehr vertraut mit ihrem Körper.

Jed setzte sich auf der anderen Seite nah neben sie. Er nahm ihre andere Brust in die Hand. „Mmh", erwiderte er, „wir sollten schauen, welche Veränderungen es noch gibt."

Wir sahen auf Eve hinab. Sie starrte uns an, als wären wir verrückt geworden, dann breitete sich ein Grinsen auf ihrem Gesicht aus. Sie schob ihre Brille hoch, kurz bevor ich die Decken von ihr zog und sie vollständig entblößte.

„Wir werden dich noch einmal füllen, nur um sicherzugehen."

Das waren die letzten Worte, die irgendeiner von uns für eine ganze Weile sprach, außer „mehr" oder „bitte" oder „Gott, ja".

Eve

Obwohl ich erst seit einigen Wochen in Slate Springs wohnte, wusste ich, dass sich die Neuigkeiten über Marina und Taras Ankunft wie ein Flächenbrand in Kansas ausbreiten würde. Sie waren hübsch und unverheiratet. Mit Sicherheit ehetauglich. Die Männer der Stadt waren immerhin so besorgt um die beklagenswert geringe Anzahl heiratsfähiger Frauen gewesen, dass sie ein Gesetz verabschiedet hatten, dass zwei Männern erlaubte, eine Frau zu heiraten. Daher würden die beiden garantiert das Interesse der Männer wecken und noch dazu schnell. Wenn keine der Frauen ihren Mund öffnete, könnten sie innerhalb einer Stunde verheiratet sein. Ich war im Vergleich zu ihnen unattraktiv und war innerhalb von zwei Stunden zweimal

Eine verruchte Frau

verheiratet gewesen. Ich musste davon ausgehen, dass sie beim nächsten Mal, wenn ich sie sah, möglicherweise Ehemänner hatten. Die Frage war, ob jede von ihnen einen hätte oder zwei.

Ich wusste auch, dass Piper vor allen anderen an die Tür klopfen und Details über die Anwesenheit meiner Stiefschwestern und den Streit verlangen würde. Ich war überrascht, dass sie so lange brauchte, bis Knox und Jed mich dreimal zum Höhepunkt gebracht hatten, bevor sie auftauchte. Ich war sogar schon angezogen und hatte meine Haare zu einem Knoten gedreht, als sie nicht nur an die Tür hämmerte, sondern auch schrie. Ich lächelte vor mich hin, während ich die Treppe hinunterlief. Meine engste Freundin war eine verwegene Frau, das absolute Gegenteil von mir. Sie sprach, wenn sie es nicht sollte und oft ohne vorher nachzudenken. Sie war forsch und dreist und zögerte nicht, Leuten mit ihrer Pistole zu drohen. Glücklicherweise hatten Spur und Lane ihr diese abgenommen, aber allein die Andeutung, dass sie sie benutzen würde – nicht das tatsächliche Herumfuchteln damit – versetzte die allgemeine Bevölkerung von Slate Springs in Unruhe.

Als ich die Treppe hinablief, hörte ich sie mit ihren Brüdern schimpfen. „Ihre Stiefschwestern sind in der Stadt und niemand kommt, um mir davon zu erzählen? Ich musste es von Rob in der Bank erfahren. Ich bin dort rausgerannt, als hätte ich den Laden ausgeraubt."

„Wo ist meine Nichte? Hast du sie am Bankschalter zurückgelassen?"

Sie stand mit ihren Händen in den Hüften vor Knox.

„Natürlich nicht. Sie macht Mittagschlaf."

„Du kannst nicht hierherkommen, außer du bringst sie mit." Ich wusste, wie sehr meine Männer ihre kleine Nichte liebten und ich war begeistert, dass ich in der Lage war, ihnen ihr eigenes Baby zu schenken, das sie lieben konnten.

„Hör auf, das Thema zu wechseln."

„Sie wäre schon zu dir gekommen", beschwichtigte er sie, „allerdings hat sie sich nicht gut gefühlt."

„Ja, ich habe gehört, wie sie die beiden in der Stadt willkommen geheißen hat", antwortete sie ziemlich fröhlich. „Ich wusste ja, dass sie sie nicht unbedingt mag, aber dass sie sich bei ihrem Anblick gleich übergeben muss?"

„Ich bin überrascht, dass du eins und eins noch nicht zusammengezählt hast", sagte Jed und deutete die Treppe hoch.

Ich lief die restlichen Stufen hinunter und beobachtete, wie sich das Gesicht meiner Freundin von wütend zu nachdenklich veränderte. „Du siehst sehr zufrieden aus." Sie hielt ihre Hand hoch, dann sah sie zwischen ihren Brüdern hin und her, wobei ihr wütender Gesichtsausdruck zurück war. „Ich habe euch doch gesagt, dass ich nichts über die *intimen* Details eurer Ehe hören möchte."

Anscheinend hatte ich meine Haare nicht ordentlich genug frisiert, als dass es aussähe, als wäre ich nicht gerade erst gut gefickt worden. Vielleicht waren es auch meine geröteten Wangen, die ich im Spiegel gesehen hatte. Oder das Lächeln, das ich mir einfach nicht vom Gesicht wischen konnte.

Knox verschränkte seine Arme vor der Brust. „Genauso wie wir nichts über deine hören wollen. Denk dran, wir können deine Ehemänner noch immer umbringen." Er knackte mit den Knöcheln. „Jederzeit."

Die Drei konnten stundenlang streiten, weshalb ich beschloss, dem Ganzen ein Ende zu bereiten. „Was sie versuchen, dir zu erzählen, ist, dass ich schwanger bin."

Pipers Mund klappte auf und sie starrte mich an, als wäre mir ein zweiter Kopf gewachsen.

„Wenn wir gewusst hätten, dass dich zu schwängern, Piper sprachlos machen würde, hätten wir das schon eher getan. Bedeutet das, dass du für die nächsten neun Monate stumm sein wirst?", erkundigte sich Jed bei seiner Schwester.

Piper schüttelte den Kopf, warf ihrem Bruder einen finsteren Blick zu und lächelte mich dann an. „Das wird super werden."

Sie zog mich in eine kurze, überraschende Umarmung.

„Du brauchst keine Pistole, wenn du dich auf alle Leute, die du nicht magst, übergeben kannst."

Ich lachte, während sie mein Handgelenk packte und mich nach draußen auf die kleine Veranda zog. Ich warf meinen Männern über meine Schulter einen Blick zu.

„Schüttle sie nicht so arg", warnte Jed.

„Sie trägt ein Baby unterm Herzen, keine Schachtel voller Dynamit", entgegnete Piper. „Setz dich. Erzähl mir alles."

Sie saß im Schaukelstuhl neben mir und beugte sich zu mir, begierig, jedes Detail zu hören.

„Nun, ich musste mich gestern übergeben und dann wieder heute. Ich bin – "

Piper wedelte mit ihrer Hand durch die Luft. „Nicht über das Baby. Auch wenn das große Neuigkeiten sind, müssen wir neun Monate warten. Da gibt es genügend Zeit, Morgenübelkeit und geschwollene Knöchel zu besprechen. Ich will alles über deine bösartigen Stiefschwestern hören."

Sie verhätschelte mich zumindest nicht. Sie hatte erst vor ein paar Monaten Lillian zur Welt gebracht und wusste noch gut, wie es war, schwanger zu sein. Ich wusste, wie sehr Spur und Lane sie vergötterten und konnte mir nur ausmalen, wie sie sich benommen hatten.

Ich erzählte ihr von der Ankunft der beiden in der Stadt, wobei ich den Teil darüber ausließ, was ich mit Knox und Jed im Minenbüro getrieben hatte, als wir es erfahren hatten. Ich erzählte ihr von Victorias Tod und dem Grund, warum sie in die Stadt gekommen waren. Einfach alles.

„Und sie wollen, dass *du* sie aushältst?" Sie schüttelte den

Kopf. „Diese Unverschämtheit. Ich schlage vor, wir drohen ihnen, sie zu erschießen, wenn sie nicht aus der Stadt verschwinden."

„Piper", warnte Knox. Sie gaben uns zwar Zeit allein auf der Veranda, aber sie entfernten sich nicht weit von uns und hörten alles.

„Ich habe Angst vor ihnen", gab ich zu.

Piper runzelte die Stirn. „Warum?"

Ich seufzte. „Hast du sie gesehen?"

Piper schüttelte den Kopf. „Nein, aber sie klingen wie grausame Miststücke."

Einer der Männer lachte. Knox, glaubte ich.

„Schau mich an. Ich bin…langweilig. Ich trage eine Brille. Ich bin klein und altbacken und ich…ich – "

„Machst deine Ehemänner so scharf auf dich, dass wir es nicht erwarten können, dich zu nehmen", sagte Jed, der sich zu uns gesellte. „Ich werde meinen Schreibtisch bei der Mine jetzt mit völlig neuen Augen betrachten."

Piper stöhnte. „Ich will das nicht hören."

„Dann halt dir die Ohren zu", konterte Knox und warf seiner Schwester einen verärgerten Blick zu, während er sich an die Verandabrüstung lehnte. Er lehnte sich zurück, sodass seine Beine lang ausgestreckt waren und fast den Saum meines Kleides berührten. „Ich dachte, wir hätten das hinter uns gelassen, Süße. Wir versohlen dir jedes Mal den Hintern, bis er schön rot ist. Wir können das wieder und wieder tun, bis du es glaubst. Wir wollen dich. Mit deiner Brille und allem, was zu dir gehört."

„Deine Stiefschwestern haben dir das angetan, haben dafür gesorgt, dass du denkst, du wärst…weniger wert", stellte Jed fest.

Ich nickte, dann sah ich hinab auf meine ineinander verschränkten Hände und dachte daran, wie ich mich jedes

Eine verruchte Frau

Mal gefühlt hatte, wenn mich Marina und Tara verspottet und verhöhnt hatten. Sich über mich lustig gemacht hatten.

„Sie sind wunderschön. Groß, schlank und haben hübsch frisierte Haare. Sie haben mich jahrelang schlecht gemacht und es war leicht, ihnen zu glauben, wenn ich es nur oft genug hörte."

„Aber du wurdest aus der Stadt vertrieben, weil du angeblich deinen Gärtner verführt hast", merkte Piper an. Sie kannte die Geschichte, da ich ihr am allerersten Tag davon erzählt hatte, während ich meinen Kaffee mit Whiskey getrunken hatte.

Ich verdrehte die Augen. „Es ist dumm, nicht wahr? Ich hätte niemals einen Mann verführt. Marina und Tara wussten das und das machte ihre Bemühungen umso ironischer. Ich wusste damals nicht, wie man es macht und weiß es heute noch immer nicht."

Knox stieß sich von der Brüstung ab, kam zu mir und ging vor mir in die Hocke. „Und das ist der Punkt, an dem du falsch liegst. Du hast uns beide verführt. Beim ersten Blick. Wahre Verführung ist, wenn eine Frau nicht einmal weiß, was sie macht."

„Du hast deine Ehemänner. Mich. Lane und Spur. Die Tates. Die Bergarbeiter, die du unterrichtest. Du hast dich mit Leuten aus der Stadt angefreundet", fügte Piper hinzu. „Wir werden dir alle glauben."

„Bis auf die Thomkins", konterte ich. Nach ihrem Besuch bei meiner Ankunft und dem Wissen, dass ich jetzt Mrs. Dare war, hatten sie nichts mehr von mir wissen wollen. Allerdings behandelten sie jeden in der Stadt so, weshalb es sich für mich nicht anfühlte, als wäre ich allein abgegrenzt worden. Ausnahmsweise einmal.

„Niemand mag sie", sagte Piper. „Mein Punkt ist, dass deine Stiefschwestern...wie heißen sie eigentlich?"

„Marina und Tara."

„Seltsame Namen", murmelte sie. „Marina und Tara können dir nichts anhaben. Du hast Männer, Geld, eine Mine. Sie können dir das nicht nehmen, egal, was sie sagen."

„Es würde mich nicht wundern, wenn sie sich etwas Teuflisches einfallen lassen", grummelte ich.

„Sie können nicht behaupten, dass du eine Affäre hinter unserem Rücken hast. Niemand würde ihnen glauben", meinte Jed.

„Und warum?"

„Weil du so viel Lärm machst, wenn du kommst, dass die ganze Stadt weiß, dass du von uns gut befriedigt wirst."

Ich lief scharlachrot an und stand auf, um ihm einen Schlag zu verpassen, aber er nahm meine Hand und zog mich an sich. Er küsste meine Stirn und ich fühlte mich sicher und beschützt in seinen Armen. Peinlich berührt, aber zufrieden.

Piper stöhnte.

„Wenn sie doch etwas sagen", sagte Knox mit tiefer Stimme und einem Hauch von Wut darin, „dann kann Piper sie erschießen."

Piper klatschte ihre Hände mit krankhafter Freude zusammen. „Endlich. Ich darf jemanden erschießen."

13

ve

MARINA UND TARA WAREN NICHT VOR UNSERER TÜR aufgetaucht und Piper war sehr enttäuscht gewesen. Ich war erleichtert gewesen, aber wie beim Zähneziehen war das Wissen darüber, was auf einen zukam, fast schlimmer, als das Ziehen an sich. Ich hatte gedacht, die Frauen wären endlich aus meinem Leben verschwunden, als ich in Clancy in den Zug gestiegen war, aber sie waren wieder aufgetaucht. Und jetzt musste ich sie loswerden, dieses Mal nach meinen Bedingungen.

Anstatt zum Haus zu kommen, wo mich zwei überfürsorgliche Ehemänner umgaben, die mich umsorgten, als wäre ich zerbrechliches Porzellan, das hinfallen und zerbrechen könnte, kamen sie am nächsten Tag im Warenladen auf mich zu. Es hatte eine Stunde all meiner Überredungskunst benötigt, damit Jed und Knox zugestimmt hatten, dass ich allein zum Laden gehen konnte.

Ich würde das Baby nicht heute auf die Welt bringen und mir war überhaupt nicht übel. Wenn sie sich die nächsten neun Monate so verhalten würden, dann würde es ein langer Winter werden.

Wie zwei bedrohliche schwarze Krähen rauschten Marina und Tara herein und begannen, auf mir herumzuhacken.

„Die Farbe wird dich noch blasser aussehen lassen."

Ich stand an einem Tisch mit Stoffballen und musterte diese. Ich hatte gerade eine gelbe Farbe ausgesucht, aus der ich hervorragend Säcke für die Bergarbeiter herstellen könnte, da sie in den dunklen Tunneln gut sichtbar wäre, sodass sie ihre Werkzeuge und Mittagessen leicht finden würden. Meine Augen schließend, holte ich tief Luft, atmete aus. Nein, mir war nicht schlecht – zumindest noch nicht.

Wo war Pipers Mut oder der Schutz meiner Ehemänner? Ich war allein und musste mich ihnen mit dem Wissen stellen, dass sie wütend auf mich waren wegen etwas, das ich getan oder nicht getan hatte. Im Grunde genommen für alles.

Es war an der Zeit. Ich hatte die Nase voll. Also verschob ich meine Brille und wandte mich dann ihnen zu.

Mr. Beebe beschäftigte sich hinter der Theke, aber ich konnte sehen, dass er aufmerksam zuhörte. Thomas schlüpfte aus der Eingangstür. Eine der Damen aus der Kirche, an deren Namen ich mich nicht erinnerte, stand bei den vorgefertigten Kleidern. Drei Bergarbeiter schöpften im hinteren Ladenteil Nägel aus einem Fass in einen Blecheimer.

„Marina, Tara. Ist heute nicht ein prächtiger Tag?" Das war es, aber das war irrelevant.

„Du hast uns zu einem Haus geschickt, das von einem Felsrutsch zerstört worden ist."

Ich schüttelte den Kopf. „Nein, das habe ich nicht. Ihr habt darauf bestanden, im Haus meines verstorbenen

Mannes zu wohnen und ich hatte keine Gelegenheit, euch etwas anderes zu erzählen."

„Wir haben die Nacht im Gästehaus verbracht", sagte Tara, als stünde diese Tatsache weit unter ihrer Würde.

Ich schenkte ihr ein freundliches Lächeln. „Das ist schön. Mrs. Byrne hat ein reizendes Zuhause und ich habe gehört, dass sie köstliche Kekse backt."

„Wir werden heute Nacht bei dir bleiben", verkündete Marina.

Ich schob meine Brille hoch und hob mein Kinn. „Nein, das werdet ihr nicht."

Beide verzogen ihre Augen zu Schlitzen. „Du hast in dieser Sache nichts zu sagen."

„Es ist mein Zuhause. Ich habe in dieser Sache *alles* zu sagen", konterte ich.

Tara rümpfte die Nase und spielte mit der Spitze, die ihren Ärmel säumte. „Dann werden wir deinem Ehemann von deinem Verhalten in Clancy erzählen. Wie du deinen Job *verloren* hast."

Ihre Stimme breitete sich laut im Laden aus, sodass auch die anderen ihren Erpressungsversuch hören konnten. Zuvor hätte ich vor ihnen geduckmäusert, aber jetzt nicht. Stattdessen zuckte ich mit den Achseln und tat so, als hätte ich Pipers Rückgrat und Nach-mir-die-Sintflut Einstellung.

„Erzählt es meinem Ehemann. Erzählt es beiden." Sie starrten mich an, eindeutig verwirrt. Gut. Zum ersten Mal in meinem Leben fühlte es sich an, als hätte ich die Kontrolle über diese zwei. „Ladies, ihr runzelt die Stirn. Denkt dran, was das mit eurem Gesicht anrichtet." Ich beugte mich vor und flüsterte: „Kein Mann mag eine mürrische Frau."

Sie glätteten ihre Gesichtszüge sofort, während ich versuchte, mein Lächeln zu verbergen. Ich genoss das. Immens.

„Beide Ehemänner?" Marina wandte sich an Tara. „Es ist

schlimmer als ich dachte. Du bist eine Intrigantin. Eine Schwindlerin. Ein...ein Flittchen!"

Ich sah in die Luft, als wäre ich tief in Gedanken versunken. „Was die ersten zwei angeht, das glaube ich nicht, aber was das Flittchen betrifft, so werde ich zugeben, dass Knox und Jed mich auf diese Weise mögen."

Die Kirchenfrau überspielte ein Lachen mit einem Husten, aber trat einen Schritt näher.

„Jed und Knox, die Dare Brüder?"

Ich nickte einmal. „Ja, meine Ehemänner."

„Du kannst nicht *zwei* Ehemänner haben", kreischte Marina.

Ich verzog völlig unbeeindruckt das Gesicht. „Natürlich kann ich das. Kennt ihr das Gesetz nicht?" Achselzuckend fuhr ich fort: „Ojemine. Einer Frau in Slate Springs ist es rechtlich erlaubt, zwei Ehemänner zu haben."

Sie sahen verblüfft, aber auch völlig misstrauisch aus. „Du bist eine Lügnerin. Du hast es nur darauf abgesehen, uns schlecht dastehen zu lassen."

„Mr. Beebe", rief ich. Der Mann hörte auf, so zu tun, als sei er beschäftigt und sah zu mir. „Das Ehegesetz. Es ist rechtsgültig oder nicht?"

„Ja, das ist es. Der Bürgermeister selbst teilt sich eine Frau mit seinem Bruder."

Beide Frauen keuchten.

„Was habt ihr gerade gesagt?", fragte ich.

„Wir werden vom Stadtrat erzählen, von Mr. Nevil, dass du fliehen musstest", drohte Tara.

Marina nickte. „Alles."

Jed und Knox traten mit dem Klingeln der Glocke über der Eingangstür in den Laden, dich gefolgt von Thomas. Mr. Beebe hatte ihn offensichtlich losgeschickt, um meine Männer zu holen.

„Oh, bitte macht das. Jed, Knox wir sind hier drüben und

unterhalten uns gerade."

Meine Männer ragten über Marina und Tara auf, wobei sie nicht nur einen Schatten auf sie warfen, sondern auch ihren Weg versperrten.

„Marina und Tara wollten gerade erzählen, wie es dazu gekommen ist, dass ich Clancy verlassen und Mr. Thomkins geheiratet habe." Ich drehte mich um und lächelte den Bergarbeitern zu. „Ed, Tanner und Ezra, bitte schließt euch uns an. Und Ma'am, ich bitte um Verzeihung, aber wir sind uns noch nicht vorgestellt worden."

Die Kirchendame drehte sich um und legte überrascht ihre Hand auf die Brust. „Mrs. Percy."

„Mrs. Percy, bitte kommen Sie doch zu uns. Mr. Beebe können Sie uns hinter der Theke hören?", rief ich.

Er räusperte sich, dann antwortete er mit einem knappen „Ja."

„Gut. Dann fang an, Tara. Oder möchtest du beginnen Marina?"

Marina erbleichte, schluckte, dann reckte sie ihr Kinn. „Eve wurde die Stelle der Lehrerin verweigert, weil sie eine leidenschaftliche Affäre mit ihrem Gärtner hatte."

„Leidenschaftliche Affäre?", fragte Knox.

„In der Tat", bestätigte Tara, die eindeutig gewillt war, hinter den Lügen ihrer Schwester zu stehen.

„Ist das der Grund, warum du uns dazu gedrängt hast, dich so schnell zu heiraten, damit du mögliche…*Konsequenzen* deiner Taten verbergen konntest?"

Wenn ich nicht gewusst hätte, dass meine Ehemänner die Wahrheit kannten, hätte ich Angst gehabt. Was er gefragt hatte, ergab Sinn und die anderen im Raum warteten mit angehaltenem Atem auf meine Antwort. Genauso wie Tara und Marina. Ihre Schultern waren nach hinten gedrückt und ich konnte die vertraut nach oben verzogenen Lippen sehen, die darauf hinwiesen, dass ihre Macht zurückkehrte.

Jed zwinkerte mir zu und da er hinter den Frauen stand, konnten sie es nicht sehen.

Mrs. Percy keuchte, die Bergarbeiter grummelten.

Tara sagte: „Du bist schwanger?"

„Auf dein Kleid zu erbrechen, ist doch mit Sicherheit Beweis genug."

Niemand konnte das bestreiten.

„Außerdem bin ich ein Flittchen. Nicht wahr, Marina?"

„Ein Flittchen?" Jed versteifte sich und ich sah, dass sich seine Hände zu Fäusten ballten.

„Ja, Mrs. Dare wurde als Flittchen bezeichnet", bestätigte Mrs. Percy.

„Mach dir keine Sorgen, Ehemann. Ich habe ihnen erzählt, dass du mich so magst."

„Mein Ehemann, Gott hab ihn selig, mochte es auch, wenn ich ein bisschen *wild* war", fügte Mrs. Percy hinzu. Sie beugte sich zu mir und flüsterte: „Daran ist überhaupt nichts falsch."

Ich biss auf meine Lippe und versuchte, nicht zu grinsen. Die ältere Frau würde eine Einladung zum Abendessen erhalten, sobald dieses Fiasko überstanden war. Marina und Tara sahen jedoch beide aus, als hätten sie einige Fliegen verschluckt.

Jeds Ohren färbten sich bei dem Geständnis der Frau rot.

Knox trat um Marina und Tara herum und stellte sich neben mich. „Was Sie damit sagen wollen, Ladies, ist, dass meine Frau ein Verhältnis mit einem Mann in Clancy hatte und jetzt mit dessen Kind schwanger sein könnte?"

Sie sahen mich aus schmalen Augen an und lächelten breit. „Ja", antworteten sie beide gleichzeitig.

„Da Sie unverheiratet sind und nicht vertraut mit solchen Dingen, fühle ich mich verpflichtet, darauf hinzuweisen, dass meine Frau – "

„*Unsere* Frau", unterbrach ihn Jed.

Eine verruchte Frau

"Ja, natürlich. Unsere Frau in unserer Hochzeitsnacht Jungfrau war. Anders als bei den meisten Ehen gab es dafür *zwei* Zeugen, nicht nur einen."

Ich konnte nicht anders, als bei dieser Aussage zu erröten. Die Frauen wurden knallrot, aber ich war mir nicht sicher, ob vor Scham oder Wut.

"Ich muss mich daher wundern, ob Ihre Aussagen bezüglich dieser Sache stimmen, da Jed und ich den unleugbaren Beweis des Gegenteils vorgefunden haben."

Mrs. Percy schaute zu den Frauen, genauso wie die Bergarbeiter.

Marinas und Taras Münder öffneten und schlossen sich wie der einer Forelle, die aus einem Bach gezogen worden war.

"Sie ist nicht dafür geeignet, Schuldkinder zu unterrichten", sagte Tara schließlich.

Ed trat näher. "Das ist gut, denn sie unterrichtet mich."

"Und mich", fügte Ezra hinzu. Tanner nickte einfach nur.

"Ich habe meinen Ehemännern die Wahrheit erzählt, Marina. Tara, sie wissen, was du getan hast, dass ihr mich aus der Stadt vertrieben und dafür gesorgt habt, dass ich eine Versandbraut wurde."

"Das tun wir", sagte Jed, der sich nun auf meine andere Seite stellte.

"Eure Lügen, eure Verleumdungen funktionieren bei mir nicht mehr. Alles Geld, von dem ihr denkt, dass es mir gehört, gehört meinen Ehemännern. Indem ihr mich beschämt habt, habt ihr euch keine Freunde gemacht."

Zum ersten Mal sahen die beiden Frauen zerknirscht aus, obwohl ich mir nicht sicher war, ob das nur geschauspielert war, um das Mitleid der Leute zu erregen.

"Wenn Sie Wohltätigkeit bei uns suchen, so werden Sie keine finden", sagte Knox.

"Wir könnten ein bisschen wohltätig sein", entgegnete Jed.

Knox sah Jed überrascht an.

„Wir können Ihnen gerne Fahrscheine zurück nach Clancy kaufen."

„Wenn Sie hier in der Stadt bleiben möchten, sollten Sie sich…umsichtiger verhalten", meldete sich nun Mrs. Percy zu Wort, womit sie die Frauen im gleichen Atemzug rügte. „Wenn Sie einen oder zwei Ehemänner suchen, werden Sie hier schnell Erfolg haben."

„Ed und ich werden eine von euch heiraten, aber davor wird sie über mein Knie gelegt und ihr Hintern ordentlich versohlt."

Beide Frauen wirkten abgeschreckt.

„Keine Sorge", gestand ich, „es könnte euch gefallen. Mir gefällt es."

„Zeit zu gehen, Süße", meinte Knox und nahm meinen Ellbogen.

„Auf Wiedersehen Marina. Tara. Viel Glück mit euren Lügen", verabschiedete ich mich.

„Mrs. Percy, würden Sie sich uns gerne anschließen? Wir sind auf dem Weg nach Hause zum Mittagessen. Unsere Schwester Piper und ihre Familie werden ebenfalls dort sein."

Die ältere Frau strahlte. „Sehr gerne." Sie ergriff Jeds dargebotenen Ellbogen und wir traten hinaus in den Sonnenschein. Mr. Beebe hielt uns die Tür auf. Während wir den Gehweg hinabliefen, hörte ich den Mann sagen: „Ladies, entweder ihr hört auf, euch wie lügende Harpyien zu verhalten oder kein Mann wird euch wollen. Ich würde euch selber übers Knie legen, wenn mich Mrs. Beebe dann nicht erschießen würde. Ed, verbreite die Neuigkeiten. Heute Abend wird es zwei Hochzeiten geben. Die Bräutigame werden bei Sonnenuntergang festgelegt."

Eine verruchte Frau

JED

MRS. PERCY ZU UNSEREM MITTAGESSEN EINZULADEN, brachte etwas Humor an den Tisch. Normalerweise führten unsere Gespräche dazu, dass wir mit Piper zankten oder ihre Ehemänner schlecht redeten, weil sie, nun…einfach, weil sie die Männer waren, die unsere Schwester fickten. Sie mochten zwar mit ihr verheiratet sein, aber das bedeutete nicht, dass mir die Vorstellung gefallen musste. Die ältere Frau war nicht so ruhig oder gediegen, wie sie jeden glauben machte und brachte sogar Piper zum Erröten. Die Geschichten, die sie bis jetzt zum Besten gegeben hatte, waren wahrscheinlich ziemlich zahm gewesen und ich konnte mir nur vorstellen, was sie *nicht* erzählt hatte.

„Du solltest dich von den beiden nicht herumschupsen lassen", sagte die ältere Frau. Sie hob ihre Kaffeetasse hoch und trank einen Schluck.

Eve blickte auf das Kuchenstück auf ihrem Teller, dann zu Mrs. Percy. „Sie sind schon seit so langer Zeit gemein zu mir, dass ich daran gewöhnt bin. Ich war nicht selbstbewusst genug, um gegen sie anzugehen. Davor. Jetzt…"

„Jetzt hast du Ehemänner, die immer für dich da sein werden", sagte ich. Ich saß am Kopfende des Tisches, auf meinem Stuhl zurückgelehnt und versuchte, eine entspannte Haltung zu vermitteln, während ich innerlich bereit war, ihre Schwestern über eine Klippe zu stoßen. Niemand behandelte meine Frau schlecht.

Das Lächeln, das mir Eve schenkte, war süßer als Kuchen. „Ja. Das habe ich."

„Und eine Schwägerin, die nicht zögern wird, das Leben der beiden zur Hölle zu machen."

„Uns magst du und quälst uns trotzdem. Ich kann mir nur vorstellen, was du mit ihnen tun würdest", fügte Knox hinzu.

Piper schürzte die Lippen und deutete mit ihrer Gabel auf ihn.

Das Baby hickste und wir sahen zu ihr. Sie saß wachsam in Lanes Armbeuge und beobachtete uns alle. Das Wissen, dass ich in einem Jahr mein eigenes Baby halten würde, öffnete mir das Herz und ich fühlte mich verdammt gut.

„Glaubt ihr, sie werden heute Abend wirklich verheiratet werden?"

„Wahrscheinlich." Spur zuckte mit den Schultern. „Bin mir allerdings nicht sicher, wer an solche Frauen gebunden werden möchte."

„Sie brauchen eine starke Hand", meinte Knox. „Die oft in Kontakt mit ihren nackten Är-", er räusperte sich, „Hintern kommt. Ich bitte um Verzeihung, Mrs. Percy."

„Ich bin nur alt, nicht prüde", entgegnete sie.

Trotz seines Bartes konnte ich sehen, dass Knox errötete. „Ja, Ma'am."

„In meinen jüngeren Jahren war ich Ihrer Schwester recht ähnlich", verkündete sie und deutete mit einem knochigen Finger auf Piper.

Alle starrten Mrs. Percy an, dann Piper.

„Ich will jede pikante Geschichte hören", erwiderte Piper, die sich begeistert nach vorne beugte und ihre Ellbogen auf den Tisch stützte.

Spur schob seinen Stuhl zurück und erhob sich. „Vielleicht würde Mrs. Percy gerne in unserem Haus mit dir weiter plaudern. Lillian wird bald Hunger haben und ich denke, deine Brüder würden es gerne sehen, wenn wir gehen."

Ich mochte Spur doch. „Da Mrs. Percy selbst gesagt hat, dass sie nicht prüde ist, werde ich zugeben, dass wir unsere Frau gerne für uns haben würden."

14

ed

Ich lief um den Tisch herum, stellte mich hinter Eve und legte meine Hände auf ihre Schultern. Ich musste hoffen, dass sie den Blick auf meinen steinharten Schwanz, der gegen meine Hose drückte, verbarg. In meinem Kopf schwirrten zahlreiche Ideen umher, was ich mit Eve tun wollte.

„Ja", fügte Lane hinzu. „Ich kann mich noch daran erinnern, als du uns erzählt hast, dass du mit Lillian schwanger bist, Piper. Wir haben eine Woche lang nicht von dir abgelassen."

Er? Er war ein toter Mann. Nachdem wir unsere Frau einige Male gefickt und für uns beansprucht hatten.

Piper stöhnte Lanes Namen, ihre Wangen leuchteten rot. Mrs. Percy lachte nur.

Lane grinste schief, als er zu mir sah, dann zu Knox,

während er sich erhob und Lillian zum Eingang trug. Spur half Mrs. Percy von ihrem Stuhl, während Piper uns mit einem verschmitzten Grinsen musterte.

„Meine Liebe, wusstest du, dass ich meinen ersten Ehemann erschossen habe?" Mrs. Percys Worte sorgten dafür, dass Piper ihren Kopf drehte.

„Sie...Sie haben ihn getötet?" Ohne nochmal zu uns zu sehen, fügte sie hinzu: „Wir finden den Weg zur Tür allein."

Spur schüttelte Knox' Hand, während er reumütig den Kopf schüttelte und dann die Frauen aus dem Raum begleitete. Wir bewegten uns nicht und lauschten nur ihren Schritten im Eingangsbereich, dann wie die Eingangstür hinter ihnen zufiel.

„Ich dachte schon, sie würden nie gehen", grummelte Knox und zog Eve auf ihre Füße.

Wir wandten uns ihr zu und ragten über ihr auf. Es verblüffte mich immer wieder aufs Neue, wie klein sie war und dennoch so verdammt tapfer.

„Ich...ich sollte das Geschirr waschen."

Ich schüttelte langsam meinen Kopf, trat näher zu ihr und legte meine Hand auf ihren noch flachen Bauch. „Das kann warten. Wie fühlst du dich?"

Eve sah nach unten, legte ihre Hand auf meine. „Gut."

„Du solltest dich in deinem Zustand nicht aufregen", sagte ich.

Sie hob eine Braue. „Wie hat Piper dann die neun Monate überstanden? Sie ist nicht gerade die sanftmütigste Frau."

Knox grunzte. „Wir machen uns Sorgen um dich."

„Mir geht es gut", wiederholte sie.

„Nicht gut genug", entgegnete ich und drehte meine Hand, sodass meine Fingerspitzen gegen ihren Venushügel drückten. „Fantastisch wäre besser. Unglaublich. Rasend vor Glück."

Ihr Mundwinkel hob sich, ihre Hüften drückten sich

Eine verruchte Frau

leicht an meine. Ich bezweifelte, dass es eine bewusste Bewegung gewesen war, aber mir war sie bewusst. Ich kannte jede ihrer Verhaltensweisen. „Davon fühle ich allerdings nichts, wenn ich über Marina und Tara sprechen muss."

„Nein, aber du kannst das fühlen, wenn dich deine Ehemänner erobern", erwiderte Knox. Er sah zu mir und ich nickte.

Ein kleines Wimmern entwich ihren Lippen und mein Schwanz wurde von diesem Geräusch steinhart.

„Es ist an der Zeit, dich zu der Unseren zu machen", verkündete ich. Wir hatten sie entjungfert, hatten ihr das Vergnügen ihres eigenen Körpers gezeigt und wie sie uns befriedigen konnte. Leidenschaft. Wir hatten auf sehr viele verschiedene Arten gefickt, in fast jedem Zimmer des Hauses. Und im Minenbüro. Aber wir hatten sie noch nicht gemeinsam genommen. „Ja?"

Sie sah zwischen uns zweien hin und her, griff nach Knox' Hand. „Ja."

Knox zögerte nicht. Er hob sie in seine Arme, hielt sie nah und sehr, sehr behutsam an sich, während er sie die Treppe zu seinem Zimmer hochtrug und sich mit ihr auf dem Schoß auf das Bett setzte.

Ich kniete mich vor sie.

„Wir müssen wissen, ob dich die Begegnung mit Marina und Tara noch immer beschäftigt."

„Ich will nicht über sie reden. Ich will, dass ihr mich vergessen lasst", murmelte sie und legte ihre Hand auf meine Brust, direkt über meinem Herzen.

„Wir werden dich vergessen lassen, Süße. Wir werden dich sogar deinen eigenen Namen vergessen lassen", versprach Knox. „Aber antworte Jed zuerst."

Sie schüttelte an Knox' Brust ihren Kopf, wodurch sie ihren Haarknoten zerzauste. „Zuerst habe ich mich so gefühlt wie immer, wenn sie auf mich losgegangen sind", gestand sie, „klein und schwach. Dann wurde mir klar, dass ich alles hatte, von dem sie mir erzählt hatten, ich würde es niemals bekommen. Einen Ehemann, eine Familie. Das war auch der Grund, warum ich Lehrerin wurde, weil das der einzige Job war, den eine Frau machen konnte, der respektiert wurde und es erlaubte, nicht zu heiraten. Wenn ich wegen meinem Job keinen Ehemann haben könnte, dann müsste ich mich nicht so schlecht fühlen, weil ich keinen abbekam."

Gott, ich wäre so gerne in der Lage, in der Zeit zurückzureisen und sie einfach zu packen und zu halten. Ihre Logik war absolut lächerlich, aber das waren auch die Ideen, die ihre Stiefschwestern ihr eingepflanzt hatten.

„Du hast dich selbst beschützt. Gutes Mädchen", lobte Knox sie.

„Ich bin gerne Lehrerin. Das bin ich wirklich, aber der *Bedarf* dafür ist nicht mehr vorhanden." Sie sah auf Knox' Arm an ihrer Taille hinab, wo ihre Finger träge Kreise auf den Haaren unterhalb seines hochgerollten Ärmels zeichneten. „Mir gefällt es, den Männern mit dem Lesen zu helfen, aber mir gefällt es sogar noch mehr, eure Frau zu sein."

„Was ist mit Marina und Tara?" Ich hackte weiter auf dem Thema herum, da ich wollte, dass sie darüber sprach, wie sie sich fühlte.

„Ich bin frei von ihnen. Als die anderen für mich eingestanden sind und ihr gekommen seid, habe ich mich mächtig gefühlt. Sie können mich ärgern, wie sie es mit jedem anderen, der ihnen über den Weg läuft, tun würden, aber sie können mich mit ihren Gemeinheiten nicht mehr treffen."

Ich streckte meine Hand aus und umfasste ihre Wange. „Das ist richtig."

Eine verruchte Frau

Sie schob ihre Brille hoch, ein Zeichen dafür, dass sie wieder die Kontrolle über sich hatte. „Können wir uns nun angenehmeren Dingen zuwenden?"

„Nur *angenehm*?", fragte ich und hob eine Braue.

„Dann eben fantastischen Dingen."

„Dein Wunsch ist uns Befehl", sagte Knox und hob sie hoch, sodass sie zwischen uns stand. Ich blieb vor ihr auf einem Knie und half meinem Bruder, sie auszuziehen.

„Ich…ich habe mich gefragt, wann ihr das tun würdet", sagte sie, als Knox ihr Unterhemd hoch und über ihren Kopf hob.

Sie stand nackt vor uns. Ich sah keine Veränderung an ihrem Körper, weil sie schwanger war, aber das würden wir schon bald.

Ich griff um sie herum und umfasste ihren Hintern, ließ meinen Finger über das Tal zwischen ihren Pobacken gleiten. „Wann wir dich hier nehmen?"

Knox griff ebenfalls um sie herum und umfasste ihre Pussy. Als sie sich auf die Zehenspitzen hob, wusste ich, dass er einen Finger in sie eingeführt hatte. „Und hier?"

Sie biss sich auf die Lippe und nickte, ihre Augen fielen zu. Sie war genau da, wo wir sie wollten. Genau da, wo sie sein wollte. Zwischen uns.

„Du musstest bereit dafür sein", erklärte ich. „Es ist eine Sache, wenn ich deinen Hintern nehme, diese Jungfräulichkeit für mich beanspruche, aber damit wir dich gemeinsam nehmen können, mussten wir uns sicher sein, dass du uns auch beide aufnehmen kannst."

Ich trat zurück, entledigte mich meiner Kleider und sie sah über ihre Schulter auf meinen harten Schwanz. Als sich Knox zurückzog, um sich ebenfalls auszuziehen, wimmerte sie bei dem Verlust unserer Berührungen.

„Ich gebe zu, ihr seid beide…groß, aber ich komme mit euch klar."

Ein winziges kleines Ding wie sie? Ein Blaustrumpf mit Brille? Und straffen Brüsten, einem runden Arsch und einer Pussy, für die ich sterben würde? Zur Hölle, ja.

„Ja, Süße. Du kommst mit uns klar. Du kommst mit allem klar."

„Dann beeilt euch besser, bevor ich zu fett werde."

Knox verpasste ihrem Hintern einen Klaps. Sie keuchte und warf ihm einen bösen Blick zu.

„Du wirst nicht fett sein. Du wirst umwerfend sein, dein Bauch rund, deine Brüste üppig und voll." Er streichelte mit seinen Händen über die Stellen, von denen er sprach. Ich beobachtete, wie sich ihre Augen schlossen und sie sich in seinen Berührungen fallen ließ.

Ja. *Dies*. Ich liebte es, zu sehen, wie sich Eve uns hingab. Nicht nur ihren Körper, sondern auch ihren Geist. Für sie, bei ihren Denkfähigkeiten, war es sogar ein noch größeres Geschenk.

„Jetzt schwing deinen Hintern auf das Bett." Der Befehl wurde von dem Gelächter in seinem Ton abgeschwächt.

Sie legte sich auf ihre Seite, ein Knie angewinkelt. Ihre Haare waren zur Hälfte hochgebunden und hingen zur Hälfte aus dem Knoten. Das Gewirr ihrer Locken ließ sie ungehemmt und wild aussehen. Und die Brille. Fuck. Absolut süß. Und unser Baby in ihrem Bauch. Es gab nichts Sexieres. Ich könnte kommen, allein indem ich sie anstarrte.

Aber nein. Sie wollte rasend vor Glück sein und wir würden ihr das geben.

KNOX RUTSCHTE NEBEN SIE AUF DAS BETT UND DREHTE SIE SO, dass sie ihm zugewandt war. Ihren Nacken umfassend, zog er sie für einen Kuss zu sich. Ich holte mir das Glas Gleitmittel aus Knox' Kommode und brachte es zum Bett, auf das ich mich so legte, dass ich mich hinter Eve befand.

Wenn ich sie zu mir zöge, würden wir wie zwei Löffel aneinander liegen. Allerdings brauchte ich Platz, um sie zu berühren, die Weichheit ihres Rückens zu fühlen, die Stärke ihres langen Rückgrats, die weiche Rundung ihrer Hüfte.

Knox durfte mit ihrer Vorderseite spielen – ihren Brüsten, ihren Nippeln, ihrer Pussy. Es war meine Aufgabe, ihren Hintern vorzubereiten.

Eve hat zu den Analspielchen kaum überredet werden müssen. Das hatte sie genauso sehr überrascht wie mich. Wir hatten zwar gewusst, dass die Quelle ihrer Leidenschaft tief war, aber dass sie so mühelos und begierig zum Höhepunkt gekommen war, als zuerst mein Finger, dann mein Schwanz tief in ihrem Hintern gesteckt hatte, war unerwartet gewesen.

Dass sie das Ganze genoss, erleichterte es. Wir würden keine Überredungskunst brauchen, keine zusätzliche Zeit, um ihren Verstand darauf vorzubereiten, uns beide aufzunehmen. Knox und ich waren diejenigen gewesen, die sich zurückgehalten hatten. Bis jetzt.

Mit einer Hand auf ihrer Hüfte öffnete ich sie, sodass ich zwei feuchte Finger gegen ihre enge Rosette drücken und sie mit dem Gleitmittel einschmieren konnte.

Knox' Kopf hatte sich auf ihre Brust gesenkt. Ich konnte nicht sehen, was er machte, aber Eves Finger vergruben sich in seinen Haaren und ihr Rücken wölbte sich ihm entgegen. Dadurch wurde ihr Hintern gegen meine Finger gestoßen und sie schrie auf. Ihre blasse Haut rötete sich wunderschön und erhitzte sich, sodass ihr blumiger Duft die Luft füllte.

„Drück nach hinten, Liebes", murmelte ich in ihr Ohr.

Das tat sie und einer meiner Finger glitt durch ihren engen Ring. Instinktiv drückte sie ihn und mein Schwanz pulsierte, weil ich mich daran erinnerte, wie sich dieser Druck angefühlt hatte. Ich führte diesen Finger in sie ein, dann zog ich ihn raus, Stückchen für Stückchen.

„Noch ein Finger."

Der zweite drang mit einem Wimmern in sie ein und einem Schauder, der über ihre Wirbelsäule huschte. Gänsehaut breitete sich auf ihrer Hüfte aus.

„Du tropfst", stellte Knox fest, kurz bevor er einen Finger in ihre Pussy schob. Ihre Hüften begannen sich im Gleichklang mit den Bewegungen unserer Finger in ihren beiden Löchern zu wiegen. Ich konnte durch die dünne Membran, die uns voneinander trennte, spüren, wie sich Knox' Finger bewegte und ich konnte es nicht erwarten, dass das unsere Schwänze waren. Wenn sie allein bei unseren Fingern stöhnte und flehte, würde sie auf unseren Schwänzen um so wilder sein.

„Bitte."

„Betteln, das ist ein gutes Zeichen", sagte ich, schob meine Finger noch ein winziges bisschen tiefer in sie und spreizte sie weit. Ich wollte sicherstellen, dass sie so tief wie möglich schön feucht war.

Knox hob seinen Kopf und ich nickte. Langsam, vorsichtig zog ich meine Finger raus und während Knox sie beide herumdrehte, sodass sie auf ihm lag, schmierte ich meinen Schwanz großzügig ein. Mein Orgasmus zog bereits meine Hoden zusammen und ich war mir sicher, wenn ich erst vollständig in ihrem engen, heißen Arsch war, würde ich nicht lange durchhalten können.

Zur Hölle, ich hatte kaum viel länger durchgehalten als ein notgeiler Jugendlicher, als ich ihre Pussy gefickt hatte.

Knox bewegte seine Beine, während er ihren Kopf hielt und sie küsste, damit sie schön weich und heiß blieb. Seinen Schwanz am Ansatz umfassend, verschob er ihre Hüfte. Sie brauchte keinen weiteren Hinweis als das, um ihre Knie zu bewegen, sodass sie rittlings auf ihm saß. Dann erhob sie sich auf die Knie, damit sie ihn in Position bringen konnte und senkte sich anschließend auf ihn. Es war unglaublich, zu

Eine verruchte Frau

beobachten, wie ihre rosa Pussy Knox' Schwanz verschluckte, zu beobachten, wie er in ihrem Körper verschwand. Sie bewegte ihre Hüften, beugte sich nach vorne, um ihn vollständig aufnehmen zu können. Während sie das tat, schwangen ihre vollen Brüste vor Knox' Mund und er konnte nicht widerstehen und nahm eine in seinen Mund.

Das brachte sie dazu, innezuhalten und ich ergriff die Gelegenheit, um mich hinter ihr zu positionieren. Knox spreizte seine Beine so, dass ich meine Hüften an Eves bringen konnte und mein Schwanz gegen die Spalte ihrer Pobacken drückte.

Ich wartete nicht, sondern deutete das Wimmern als Zeichen, dass es ihr gefiel, dass Knox mit ihren Nippeln spielte. Ich packte ihre Arschbacken und öffnete sie, vergewisserte mich, dass sie glänzte und gut mit dem Gleitmittel bedeckt war. Mein Schwanz glitt über ihr Loch, dann drückte ich nach innen, führte ihn an die perfekte Stelle.

Knox musste seinen Griff gelockert haben, da sie ihren Rücken wölbte und stöhnte.

„Schh, komm her, Süße. Lass Jed rein." Er krümmte seine Hand um ihren Hals und zog sie für einen Kuss zu sich. Ihr Körper ruhte auf seinem, ihre Brüste drückten gegen seine Brust. Dieser Winkel gab mir mehr Platz und ich fuhr fort, in sie zu drücken. Und zu drücken.

„Drück deine Hüften nach hinten. Ja, genau so. Gutes Mädchen", lobte ich sie, während sie sich für mich zu öffnen begann. Ihre Rosette öffnete sich genau so, wie wir es geübt hatten, wenn ich sie allein gefickt hatte. Das war jedoch ganz anders gewesen. Sie war jetzt so voll, Knox' Schwanz befand sich vollständig in ihr. Es *fühlte* sich auch anders an. So mit ihr zusammen zu sein, dass sie uns beide nahm, bekräftigte das Wissen, dass sie unsere Frau war. Sie war diejenige, die uns zu einer Familie machte, die uns zusammenhielt. Sie würde für immer zwischen uns sein, beschützt, behütet, befriedigt.

Auch wenn sie sich nicht von Knox' Brust hob, so hob sie doch ihren Kopf und keuchte. Ihre Haut war schweißnass, ihre Locken klebten an ihrer Stirn und Nacken.

„Das ist es. Fast drin. Da." Es gab kein Geräusch, aber es fühlte sich an, als würde es ein Plopp geben, als meine Eichel ihre Verteidigung durchbrach und sich in ihr niederließ.

Sie stöhnte leise und tief.

Ich verharrte, erlaubte ihr, sich daran zu gewöhnen. Ihr Körper zog sich instinktiv um mich herum zusammen und pulsierte und ich wusste, dass es auch für sie anders war. Mehr.

„Atme, Süße. Das ist es. Du fühlst dich so gut an. In einer Minute wird dich Jed füllen. Du willst uns beide, richtig?"

Sie nickte und Knox küsste sie. Küsste jegliche Sorgen aus ihrem Kopf.

Als ich spürte, dass sich ihr Körper entspannte, dass sich ihre Muskeln lockerten, ihr Verstand nachgab, drückte ich mich langsam Stück für Stück in sie, dann zog ich ihn zurück und drang wieder langsam in sie ein, bis sie meinen Schwanz vollständig aufnahm.

Eine Hand auf das Bett neben ihr legend, hielt ich mich aufrecht, während ich mich langsam zurückzog. Knox drückte sich tiefer in sie. Als ich mich fast vollständig herausgezogen hatte und nur noch die breite Spitze von dem Ring ihrer Öffnung umklammert wurde, änderte ich die Richtung und schob mich wieder in sie. Knox zog sich zurück, sodass wir uns gegengleich bewegten.

„Es ist…oh, ich bin so voll. Oh, Gott, das ist zu viel. Zu viele Empfindungen."

Knox' Hände glitten ihren Rücken hoch und runter, während er beruhigend summte. Sein Körper und meiner wechselten sich ab, während wir sie langsam fickten. Ich konnte spüren, wie sich sein Schwanz in ihrer Pussy bewegte und es bestand kein Zweifel, keine Frage, dass diese Frau die Unsere war.

Nein, wir waren die Ihren. Wir gehörten unwiderruflich zu ihr.

„Es soll zu viel sein. Zu gut. Lass los, Süße. Gib dich dem Vergnügen hin. Uns hin."

Mit einem harschen Atemstoß spannte sich ihr Körper zwischen uns an und ein Stöhnen riss sich von ihren Lippen. Ihre inneren Wände molken und drückten, zogen sich um meinen Schwanz wie ein Schraubstock zusammen. So wie Knox zischte, wusste ich, dass ihre Pussy um ihn kontrahierte.

Ein Wimmern entkam ihren Lippen, während sie sich in Knox' Schultern krallte und ihre Hüften leicht schaukelte, um noch mehr Vergnügen zu erzeugen, als wir ihrem Körper ohnehin schon bereiteten. Ich konnte allerdings nicht länger durchhalten. Kein Mann könnte das bei einem Körper, der so heiß und eng und sinnlich war wie ihrer. Zu wissen, dass sie zum Höhepunkt kommen konnte, weil wir sie auf diese Art für uns in Anspruch nahmen, dass sie es wollte, es liebte, es brauchte, brachte mich zum Höhepunkt.

Ich glitt tief in sie, während ich stöhnte. Der Orgasmus begann in meinen Hoden und platze in heißen Samenschüben aus meinem Schwanz. Ich füllte sie, markierte sie als die Meine, während Knox ihren Namen schrie, tief in sie stieß und ihr über die Klippe folgte.

Sie molk nicht nur den Samen aus meinen Hoden, sondern auch jeden Gedanken aus meinem Gehirn. Glücklicherweise rutschte ich instinktiv von ihr und fiel auf meine Seite, als meine Muskeln versagten. Sie brach auf Knox zusammen, ihr Kopf lag unter seinem Kinn. Kleine Laute entrangen sich ihrer Kehle, während ihr Körper von den Nachwirkungen ihres Orgasmus zitterte und bebte. Knox befand sich nach wie vor in ihr.

„Ich bin froh, dass Marina und Tara gemein zu mir waren", sagte sie. Ihre Finger spielten träge mit den federnden Haaren auf Knox' Brust.

Er zog sich aus ihr heraus und legte sie zwischen uns. Als sie auf ihrem Rücken lag und zur Decke hochsah, stemmte ich mich auf meinen Ellbogen, damit ich auf sie hinabschauen konnte. Knox' Hand streichelte über ihren Unterleib, wo unser Baby wuchs und ich umfasste ihre Brust.

„Oh?", fragte ich.

„Das hat mich zu euch beiden geführt. Ansonsten wäre ich jetzt die Lehrerin von Clancy. Hätte nie geheiratet, nie Kinder bekommen."

„Knox und ich sollten uns also bei ihnen bedanken, anstatt sie aus der Stadt zu begleiten."

Mein Tonfall war sarkastisch und sie verdrehte die Augen. Ihr Verstand hatte sich wohl davon erholt, was wir mit ihr getan hatten.

„Ich hätte sonst nie meine Jungfräulichkeit verloren", fügte sie hinzu.

„Nie gewusst, dass deine Nippel so empfindlich sind", ergänzte Knox.

„Oder dass du auf meinem Mund kommen würdest", sagte ich, während mir das Wasser im Mund zusammenlief, weil ich mich an ihren Geschmack erinnerte.

„Oder zwei Männer auf einmal erlebt." Sie seufzte. „Ich bin verrucht, oder?"

Ich beugte mich über sie. Küsste sie. Legte meine Hand neben Knox' auf ihren flachen Bauch.

„Ja, Eve Jamison Dare. Du bist eine verruchte Frau."

HOLEN SIE SICH IHR WILLKOMMENSGESCHENK!

TRAGE DICH FÜR MEINEN NEWSLETTER EIN, UM LESEPROBEN, VORSCHAUEN UND EIN WILLKOMMENSGESCHENK ZU ERHALTEN! TRAGEN SIE SICH IN MEINE E-MAIL LISTE EIN, UM ALS ERSTES VON NEUERSCHEINUNGEN, KOSTENLOSEN BÜCHERN, SONDERPREISEN UND ANDEREN ZUGABEN ZU ERFAHREN. SIE ERHALTEN EIN KOSTENLOSES BUCH FÜR IHRE ANMELDUNG!

kostenlosecowboyromantik.com

ÜBER DIE AUTORIN

Vanessa Vale ist eine USA Today Bestseller Autorin von über 40 Büchern. Dazu zählen sexy Liebesromane, einschließlich ihrer bekannten historischen Liebesserie Bridgewater, und heißen zeitgenössischen Romanzen, bei denen dreiste Bad Boys, die sich nicht nur verlieben, sondern Hals über Kopf für jemanden fallen, die Hauptrollen spielen. Wenn sie nicht schreibt, genießt Vanessa den Wahnsinn zwei Jungs großzuziehen, findet heraus wie viele Mahlzeiten man mit einem Schnellkochtopf zubereiten kann und unterrichtet einen ziemlich guten Karatekurs. Auch wenn sie nicht so bewandert in Social Media ist wie ihre Kinder, so liebt sie es dennoch, mit ihren Lesern zu interagieren.

www.vanessavaleauthor.com

HOLE DIR JETZT DEUTSCHE BÜCHER VON VANESSA VALE!

Du kannst sie bei folgenden Händlern kaufen:

Amazon.de
Apple
Weltbild
Thalia
Bücher
eBook.de
Hugendubel
Mayersche

www.ingramcontent.com/pod-product-compliance
Lightning Source LLC
LaVergne TN
LVHW012102070526
838200LV00074BA/4028